老舗酒蔵のまかないさん
初夏の梅酒と七輪焼きの炙りイカ

谷崎 泉

富士見L文庫

JN020588

CONTENTS

もくじ

鵲瑞 | JAKUZUI

第一話

生ビール、お代わり。レモンサワーも。

酔客でいっぱいの店内に響く声を聞いて、江南響《えなみひびき》は白い徳利《とっくり》を持ち上げる。鵲瑞《じゃくずい》という酒の銘柄が紺色の文字で入った一合徳利。軽くなったその中を覗《のぞ》いて空なのを確かめ、低い声で注文する。

「お燗《かん》、もう一本。ぬるめで」

どんなに賑《にぎ》やかであっても響の声は聞き逃されることはない。声を張り上げているわけではないのによく通る。カウンターの内側から店長が「ぬる燗ですね」と確認してくるのに頷《うなず》き、おちょこに残っていた酒を空けた。

鵲《かささぎ》駅近くにある居酒屋「勝鴉《かちがらす》」はカウンター十席に、四人掛けの椅子席が五つ、小上がりには六人で利用出来る座敷机が四つ並んでいる。

経営しているのが地元の老舗《しにせ》旅館であることから、ちょっと洒落《しゃれ》たつまみを出すので人気だ。いつも満席で、響も小上がりの座敷机を大学生らしい二人と相席で使っていた。

向かいに座っている連れの中浦左千雄《なかうらさちお》は、難しい顔で「なので」と話を続ける。

「年明けからの状況を考えるに、この夏も賞与を出す余裕はないと思います。秋田《あきた》くんたちも期待はしていないと思いますが…」

「そうですか…。秋田たちにだけじゃなくて中浦さんもですよね。申し訳ないです」

「いえ。僕は分かって来ていますから。…というのは秋田くんたちも同じですね。でも、彼らは若いので…先のことを考えると、労働に見合った報酬を出さなくてはいけないと思います」

「確かに」

　響は真面目な顔で頷くが、どこまで真剣に考えているかは分からないと思って、中浦は心中で嘆息する。机には空になった徳利が三本並んでいるものの、相槌《あいづち》が空虚に聞こえるのは酒のせいじゃない。

　ラガーマンだった響の身長は百八十五センチを超え、体重も八十キロ近くある。酒に強く、どれだけ飲んでも酔っ払ったところを見たことがない。

　生まれ育った鵠市を長く離れていた響が帰って来てから三年。じゅうぶんな年月だという思いと、いまだ響に多くを求めるのは気の毒だという思いが中浦にはある。しかし、他に話す相手はいない。中浦は肩で息を吐き、飲みかけの炭酸水を手にした。

　そこへ「よお」と声がかかる。靴を脱ぎながら「こんばんは」と中浦に挨拶《あいさつ》するのは、響の幼馴染《おさななじ》みの佐宗翔太《さそうしょうた》だった。

「中浦さん、一緒してもいいですか？」

「もちろんです」

どうぞと席を勧める中浦に礼を言い、佐宗は響の隣に腰を下ろす。相席していた大学生に愛想笑いを向けてから、響に何を飲んでいるのかと聞いた。

「ぬる燗。今、追加を頼んだところだ」

「じゃ、俺はビールで」

店長、生ビール！　佐宗はカウンターの向こうへ手でメガホンを作って注文する。響が「酒でいいだろ」と言うと、佐宗は首を振る。

「最初からポン酒はしんどいよ」

「秋田が泣くぞ」

「あれ。そう言えば、秋田くんは？」

酒の席には必ずと言っていいほどいる秋田の姿がないのに気づき、佐宗は周囲を見る。三人目の席はないようだし、トイレに行っているというわけではなさそうだ。

「泊まりで大学の先輩のところへ見学に行ってる」

「はあ。秋田くんは本当に好きだよねえ」

感心しているのか呆《あき》れているのか分からない感想を漏らし、佐宗は残っていた枝豆に手を伸ばす。きゅっと押して出て来た豆を口に放り込む佐宗に、響は来月も講習会に行くらしいと話した。

「まあ、酒蔵ってのは夏場は暇そうだしね。でも、来月って花火大会あるじゃん」

「大丈夫だ。終わってからだって言ってた」

「講習会の参加費用もバカにならない金額ですが、秋田くんは結果を出してくれると信じてます」

必要経費だと中浦が真面目な顔で言うのを聞いて、花火大会の心配をしていた二人は、自分たちののんきさを反省する。

響の実家であり、中浦が経理部長を務める江南酒造は、財政面で危機的状況にある。響はもちろん、佐宗もそれをよく知っているのに、つい忘れがちだ。

忘れがち…というより、すっかり慣れてしまったといった方がいいだろうか。倒産の危機に瀕《ひん》しながら、何とか首の皮一枚で踏みとどまってから、早三年。

状況は悪化こそしていないが、目立った改善もしていない。相変わらず、多額の負債を抱えたまま、細々事業を継続している。

「俺が出した方がいいですか？」

「何がですか？」

「秋田の講習会の費用」

「何言ってんだよ。秋田くんが講習会に行くのは会社の為だろ。…まあ、彼の場合、好きで勉強してるのかもしれないけど、それにしたって、リターンは会社にあるんだから、経費で出すべきだよ」

「その通りです」

佐宗が口にした正論に、中浦は深く頷く。個人の金を出せばいいという話ではないのだ。二人に考え方が間違っていると指摘された響は、「そうか」と頷いてアジフライを箸《はし》で摘まんで齧《かじ》りつく。さくさくと音を立てて咀嚼《そしゃく》しながら、「難しいな」と呟《つぶや》いた。

会社員だった頃は、その費用が何処《どこ》から出ているのかなんて全く気にしないまま、講習会などに参加していた。行けと言われたから仕方なく行くというのが常でもあって、あの頃は気軽だったなと振り返る。

「お待たせしました」

ぬる燗と生ビールを運んで来た大学生のバイトは、はにかんだ笑みを佐宗に向けた。佐宗は「勝鴉」を経営する老舗旅館の跡取り息子で、若旦那《だんな》でもある。

その上、イケメンで優しいから女性にとてももてる。

「ありがとう。あ、これ。空いてるから下げて貰《もら》えるかな」

「はい。すぐに」

緊張した面持ちのバイトが持つトレイに、手際よく食器を載せながら、佐宗は「そう言えば」と響に尋ねた。

「おばさんの具合はどうだ？」

「何とか。来週には退院出来そうだ」

　響の母、聡子《さとこ》が入院したのは先週のこと。健診で見つかった病気を治療する為の入院で、手術後には佐宗も見舞いに来てくれていた。

「この前はありがとうな。お花、喜んでた」

「大したことじゃないよ。来週退院するなら、週末にもう一回行って来ようかな」

　幼馴染みの佐宗を、聡子も赤ん坊の頃から知っている。喜ぶと思う…と言い、響は新しく来た徳利から手酌でぬる燗を注いだ。

「けど、帰って来ても元通りってわけにはいかないだろう。手術してるんだし」

「力仕事はさせられないな」

「見張ってないといけませんね。笑いながら無理するタイプですから」

　真剣な表情で言う中浦に、響は深く頷いて同意する。聡子は毎年六月に行われる梅酒の仕込みを気にしており、それまでに絶対退院すると宣言している。帰って来てすぐに働く気満々なのだ。

「秋田がいるから大丈夫だって言ってるんですが、梅酒が梅酒がって念仏みたいに唱えてますしね」

「梅酒の時はパートさん、雇うんじゃないの？」

「でも、人員的にはぎりぎりだからな」

かつては聡子がいなくても代わりに手伝える社員が幾らでもいた。しかし、今は臨時のバイト一人を雇う余裕もない。

金がないというのは、本当に厳しい。この状況を打開出来る日が来るのだろうかと、響は心中で呟き、おちょこの酒をくいと一息で飲み干した。

七洞《ななほら》山地の西に位置する鵲市は人口六万人ほどの小都市だ。市の東側には大山《おおやま》を始めとする幾つかの山が並び、その麓《ふもと》には鵲市を古くから守っている鵲神社がある。歴史ある神社は今も多くの信仰を集め、正月には地元だけでなく近郊からも初詣に訪れる人々で大変な賑《にぎ》わいを見せる。

また、鵲市には良質の湯で知られる鵲温泉があり、大山から流れる七洞川に沿って何軒かの旅館が並んでいる。高名というほどではないが、知る人ぞ知る秘湯として客が絶えない。特に産業のない鵲市にとって、温泉と神社は重要な観光資源だ。

かつては大山の伏流水で造られる日本酒の製造が盛んで、幾つもの酒蔵が軒を連ね、酒造業は一大産業として地域を支えていた。しかし、生活様式の変化などから日本酒の需要は減り続け、売り上げが低迷、後継者不足などもあって、鵲市に残る酒蔵は江南酒造一つだけとなった。

その江南酒造も複雑な事情を抱えて廃業の危機に瀕している。

「家まで送りましょうか。ここからだとまだかかるでしょう」

「慣れてるんで大丈夫です。酔い覚ましになりますし」

店を出た響は、その前で佐宗と別れ、中浦の車に途中まで同乗させて貰った。七洞川にかかる橋の手前でいいと言う響に、中浦は自宅まで送ると申し出たが、大丈夫だと断られる。

車を降りた響は「また明日《あした》」と挨拶して、中浦を見送った。県道から田圃《たんぼ》の間を通る農道へ入り、暗い夜道を黙々と歩く。

鵲駅から江南酒造まで、車ならば十五分程度だが、歩くとなると一時間はかかる。大変そうでも、同じくらいの距離を歩いて小学校に通っていた響にはさほどの苦ではない。

七洞川を越えると途端に人家が少なくなり、明かりが消える。空は真っ黒で星は見えなかった。雲が厚いのだろう。雨の気配もする。田植えの終わった田圃では蛙《かえる》が輪唱している。

十五分ほど歩くと、山肌を背後に抱く建物が見えて来た。夜目には白く浮かんで見える漆喰《しっくい》壁が長く連なっている。創業から三百年以上が経つ江南酒造の敷地は千坪を超える。最盛期の石高は千石を超え、杜氏《とうじ》や蔵人《くらびと》が泊まり込みで仕込みをする時期には、多くの出入りがあった。

それも今は昔。現在は三人の若者と江南家の聡子と響、経理面を担当する中浦の六名で何とか蔵を守っている。いや、守っていかなくてはいけないと、模索中なのだが。

歩き着いた自宅前で、響は立ち止まる。蔵に併設された直売店の前には杉玉が下がり、江南酒造の主力銘柄である「鵲瑞《じゃくずい》」の名が書かれた酒樽《さかだる》が積まれている。

それをしばし見つめた後、店の前を通り過ぎ、酒蔵側の入り口から中へ入った。店と繋がる母屋の方へは行かず、敷地の一番山際に建つ東蔵へ向かう。

近代的な貯蔵設備を備えた貯蔵蔵の奥に、江戸《えど》時代に造られたという一番古い東蔵があり、その中に江南酒造創業当時から祀《まつ》られているという小さな祠《ほこら》がある。

かつて仕込みに使われていた木桶《きおけ》の前にある祠の世話を聡子は毎日かかさなかった。聡子が入院することになった時、何はさておき、祠の世話だけは頼むと口を酸っぱくして言っていた。

毎朝お水を換えて、榊《さかき》を枯らさないようにして。今日も一日皆が無事で過ごせますようにとお参りしてね。

その頼みを守り、朝起きてすぐに祠へ参っている。夜に東蔵へ入ることはないのに、足を向けたのは今年の夏も賞与は出せそうにないと話した中浦の沈痛な面持ちが胸に残っていたからだ。

「…何とかお助け下さい」

二礼二拍手一礼。幼い頃から見て来たやり方を真似《まね》て拝礼し、願いを唱える。

三百年以上続いた家業を自分が潰《つぶ》すわけにはいかないとか、自分が何とか立て直さなきゃいけないという責任感みたいなものはない。

ただ、もしも…。いなくなった兄が帰って来た時に、江南酒造がなくなっているのはいけない気がする。

帰って来るかどうかは分からないけれど。

「……」

下げていた頭を戻し、祠の向こうにある木桶を見つめる。子供の頃、祖父から聞いた話を何となく思い出していた時だ。

「あああああ!!」

「…っ!?」

突如、蔵の静けさを女の悲鳴が切り裂く。息を呑《の》んで響が身構えると、どすんという重い音が響いた。

何だ？　今の声は一体どこから…？　怪訝《けげん》な思いで、響は恐る恐る木桶の裏側に向かった。

祠の背後にある木桶はかなり大きなもので、回り込まないと確認出来ない。声と物音は木桶の裏から聞こえた。

確かに…女の悲鳴だった。聡子が入院している今、蔵どころか、広い敷地内には自分しかいないはずなのに。

ということは、泥棒の類《たぐ》いか？　警戒しながら一歩ずつ進んで行くと。

「っ…あいた…た」

「……」

声と共に足の先が見えた。細い足と、白足袋《たび》に草履。着物の裾《すそ》が捲《めく》れ上がって、膝下《ひざした》が露《あら》わになっている。着物？

そこに黒ずくめの若い男でも潜んでいたのなら、響も単純に対応出来た。泥棒に違いないと判断し、ひっ捕まえて、警察に通報した。

しかし、木桶の裏側で尻餅《しりもち》をづくような体勢で痛みを堪《こら》えていたのは…着物姿の若い女だった。

「誰だ!?」

響の鋭い声を聞き、女は跳ねるように起き上がった後、その場に三つ指を突いて頭を深く下げた。「失礼致しました！」と焦りの滲《にじ》む声で詫《わ》び、顔を伏せたまま挨拶《あいさつ》する。

「お初にお目にかかります。こちらで奉公させて頂くことになりました三葉《みつば》と申します。どうぞよろしくお願いします！」

「……!?」

見たこともない……三葉というらしい女が発した挨拶は響を困惑させる。奉公というのは……一体。状況が全く読めなくて、「ちょっと待ってくれ」と言って頭を抱える。

そんなに飲んだ覚えはない。せいぜい、五合だ。一般的には泥酔してもおかしくない酒量であっても、一升飲んでも平気な響にとってはさほどの量じゃない。実際、いつも通り、歩いて帰って来ている。

意識もしっかりしていた。だから、蔵に入ってお参りでもしようという気分になったのだ。

だが。

「……」

間もなく日付も変わろうという夜更けである。そんな時刻に、誰もいないはずの蔵の中で若い女が尻餅をついていて、更に奉公などと言っているのは……やはり、夢か？

自分を疑って頬をつねってみる。痛い。夢じゃないのか。だとすれば。

「あのな……色々聞きたいことはあるが……、どうやってここに入った？」

「……。訪ねて参りましたら、お留守でしたので……待たせて頂こうと思い……。勝手に入り込んだりして申し訳ありません」

「鍵《かぎ》かけていったけどな……」

夕方に出かける際、施錠はした。しかし、何分広いし、出入りが自由な箇所もある。入り込めないわけじゃないか…と考え、響は続ける。

「なんで、蔵の中に？」

「……。少々疲れておりまして…横になれるところを探しておりましたら…ここへ辿《たど》り着いた次第です」

「だとしても、こんな木桶の裏で寝ることはないだろう」

「目立たないかと…思いまして」

「さっきの悲鳴と物音は？」

「……。お恥ずかしながら、夢を見まして…寝言です。物音は寝返りを打って木桶にぶつかった音かと」

「だが、尻餅ついてたみたいだったぞ？」

「…寝相が悪いので…寝返りを打った拍子にあのような体勢になりまして…お見苦しい様を見せてしまい、申し訳ありませんでした…！」

響の疑問に三葉は用意してあったみたいに答えを返す。おかしい気はするのだが、どこがどうおかしいと指摘するのが難しいような答えだ。

しかも、響は酒を飲んでいて夜も更けている。考えるのも面倒になって来ていたが、三つ指を突いたまま動かない三葉を何とかしなきゃいけない。

「まあ、うん、その辺りはあれとして…奉公っていうのはなんだ？　うちで働くって意味なのか？」

「はい！　皆様のお役に立てるよう、一生懸命働きますので…」

「待て待て。うちは従業員を募集してないし、訪ねる先を間違えてるんじゃないのか？」

「間違えようがありません！　確かにこちらです」

「しかしな…中浦さん、そんな話してたかな…」

「こちらのご当主様に手紙を出したと聞いております」

「手紙…？」

見た覚えはないが、厭《いや》な心当たりはあった。響は確認しに行こうと思い、蔵を出ようとしたのだが。

地べたにへばりついている三葉をそのままにはしておけない。とにかく蔵を出て、一緒に母屋へ行こうと声をかけた。三葉は「はい！」と返事し、顔を上げる。嬉《うれ》しそうな笑みは名前を呼ばれた犬を彷彿《ほうふつ》とさせる。

まだ若い…下手をすると、高校生くらいかもしれない。格子縞《こうしじま》の絣《かすり》の着物に羽織り。今時の女子の格好としては珍妙じゃないかと考えながら見つめる響の前で、三葉は立ち上がろうと…したところ。

「…っ…！」

息を呑んで硬直する三葉の手から、抱えていた風呂敷包《ふろしき》みが落ちる。響は慌ててそれを拾い、三葉に「どうした？」と聞いた。

「い、いいえ。何でもありません」

「って顔じゃないだろ。…足を痛めたのか」

引きつった顔で答える三葉は左足を浮かせている。下につけないところを見ると痛いのだろう。どんな寝相なんだと呆《あき》れながら、響は三葉をひょいと抱え上げた。

「っ…!!」

小さいから軽いだろうと予想した通りだった。やっぱり子供なのかと思って、三葉の上に風呂敷包みを載せる。

「や、やめて…下さい…っ!!　歩けますっ…!」

「痛そうじゃないか」

「大丈夫ですからっ…」

「俺が運んだ方が早い。気にするな。軽い」

ははは…と笑って、響は三葉を抱えたまま東蔵を出て、母屋へ向かった。月も星も出ていない、真っ暗な夜。赤く染まった三葉の顔は、響の目には映っていなかった。

母屋に入ると響は台所の椅子に三葉を座らせた。まずは足の治療をしようと救急箱を探す。

「おかしいな。この辺りに…ああ、あったあった」

居間の押し入れをごそごそ探し、見つけた救急箱を持って三葉の元へ戻る。三葉は神妙な顔付きで、珍しそうに家の中を見回していた。

「あの…他の方は？」

母屋は入った時から真っ暗で、人の気配もしなかった。広い台所は雑然と散らかり、シンクには洗い物がたまっている。板の間の中央に置かれたテーブルには、様々な荷物が山積みになっていた。

響はテーブルの上を大雑把に片付け…実際にはざっと端に寄せただけだ…救急箱を置いた。その蓋《ふた》を開けながら、ここにいるのは自分だけだと説明する。

「本当は母親と二人で住んでるんだが、入院中でな」

「入院…」

「手術して病院にいるんだ。でも、来週には帰って来る」

あったぞ…と言い、響は救急箱から取り出した湿布を三葉に手渡した。テープと固定する為のネットと鋏《はさみ》も用意し、椅子の前の床に腰を下ろす。

「足袋、脱がすぞ」

「何を?」

「湿布貼るんだよ。早めに手当てしといた方がいい」

湿布…と繰り返す三葉はまるでそれを知らないようだったが、「子供だから」と思い込んでいた響は気にしなかった。細い足首を掴《つか》むと、三葉が「きゃっ」と声を上げる。

恥ずかしがっているようなのを見て、響は困った顔になる。

「湿布貼るだけだ。何もしないって」

「で、で、でも…」

「このままじゃ、明日《あした》の朝には腫《は》れてるかもしれないぞ」

三葉に言い聞かせながら、小鉤《こはぜ》を外して足袋を脱がせ、素足になった足首の具合を見た。

「痛いのは…この辺りか？」

「っ…！」

少し触れただけで三葉は息を呑む。かくかくと頭を動かして頷《うなず》く三葉に苦笑し、湿布を貼る位置を決めると、足の形状に合わせて鋏で切り込みを入れる。湿布が浮いてしまわないよう調整する技術は確かなもので、三葉は感心した。

「…上手ですね」

「上手かどうかは分からないが、慣れてはいるな」

「慣れてるというのは？」

「ラグビーを長くやってたから。怪我が多かった」

　懐かしむように話し、響は貼り付けた湿布をテープで留め、ネットを足先から潜《くぐ》らせる。

　あっという間に処置を終わらせ、痛みがひくまで無理に動かさないよう指示した。

「ありがとうございます。お世話をおかけしてすみません…」

「これくらい、大したことじゃない。…ああ、そうだ。手紙だったな」

　三葉から手紙と聞いた時に、もしかしてと思い当たった。聡子が入院して以来、母屋には寝に帰って来るだけで、郵便物も放置している。

　テーブルの上に幾つかある山の中から見つけた封筒の束を一つずつ確認していくと。

「…もしかして…これか？　達筆だな。江南忠直《ただなお》様って、おじいさん宛だが…、おじいさんは十年以上前に死んだぞ」

「えっ！　で、では、今のご当主は…」

　誰なのかと聞く三葉に答えず、響は封筒の差出人を見る。赤穂紫苑《あこうしおん》。知り合いかと三葉に聞くと、盛大に頷いて兄だと答えた。

「本来は見つからないようにそっと住まわせて頂くのが基本なのですが…」

「見つからない…？」

「いえっ…あの、その…色々ありまして、三葉を奉公させて頂けるよう、ご当主様に手紙を書いて頼むと兄が…」

「そうか…。うーん…取り敢《あ》えず、これを明日、母さんのところに持って行って、読んで貰《もら》うか。おじいさん宛の手紙を俺が読んでも、事情が分からないかもしれないからな」

それに。夜中に足を怪我した三葉を追い返すわけにもいかない。相手は子供で、女だ。

響は座敷に布団を敷いてやるから、今夜は泊まるように勧めた。

「ありがとうございます。…あの…」

「なんだ？」

「失礼ながら…お名前を聞かせて頂いてもよろしいでしょうか？」

おずおずと尋ねる三葉に、響は「ああ」と声を上げる。

「すまん。名乗ってなかったな。俺は響…江南響。お前の兄さんが手紙を出した江南忠直の孫だ」

「そうでしたか！　失礼致しました。では、響様が今のご当主様で…」

「いや」

違うと苦笑して響は首を振り、布団を敷いて来ると言って、三葉の傍を離れた。台所から廊下を挟んだ向こうにある座敷を渡って、その奥へ向かう。客間として使っている部屋の押し入れを開け、三葉の為に布団を用意しながら、亡くなった祖父の顔を思い出していた。

八畳間の中央に布団をざっくり敷き、響は台所にいた三葉を再び抱えて移動させた。布団の上に下ろし、寝るように言ってから二階へ上がる。自分の部屋のベッドに横になると、すぐ睡魔に襲われ、意識をなくした。

翌朝、目を覚ました響はなにやらいい匂いがするのに気がついた。食べ物の匂いだ。聡子がいた時は毎朝嗅《か》いでいたが、入院して以来、久しく嗅いでいなかった。

「…なんだ…？」

聡子はまだ入院している。自分が寝ている間に帰って来た…なんてことはないだろう。首を捻《ひね》りながらベッドを下りて部屋を出る。匂いは一階へ続く階段から上って来ていた。米の炊ける匂い、味噌汁《みそしる》の匂い、玉子焼きの匂い。くんくんと鼻をならして階段を下りて台所へ向かうと。

「あ、おはようございます！」

「……」

小さな女の子が元気のいい声で挨拶《あいさつ》するのを聞き、響は一瞬固まった。誰だ？　頭の中に浮かんだ疑問は続いて蘇《よみがえ》った記憶に消される。

そうだ。こいつは…。

「昨夜の…」

「ちょうど玉子焼きが出来たところです。今、支度を調えますから、どうぞ顔を洗ってらして下さい」

「いやいや…」

にこにこ笑って響に勧めるのは、蔵の中にいた三葉だ。夜中に追い返すのも可哀想で客間に泊めたのは覚えているが、それがどうして食事の支度をしているのか。頭の中が混乱して首を振る響に、三葉ははっと息を吞《の》む。

「もしかして…玉子焼きはお嫌いですか？」

「そうじゃなくて」

「よかった…。温かい内に召し上がって頂けたらと思いますので、さ」

さ、さ…と洗面所へ追い立てられ、響は怪訝《けげん》な顔付きで従った。確か…三葉はうちで働くつもりでやって来たようなことを言っていたから、飯を作るというのもその一環なのだろうか。

しかし。

「うちには雇う金はないんだが…」

どういう事情があるのかはまだ不明だが、現実として新たに人を雇い入れる余裕は全くない。冷たい水をざばざばと顔にひっかけるようにして洗い、タオルで顔を拭《ふ》く。あれ…と思ったのは、それが新しいものに換えられていたからだ。

「……」

洗面所回りも綺麗《きれい》になっている気がする。まさか…三葉が掃除したのか。眉《まゆ》を顰《ひそ》めて台所へ戻ると、あんなに物で溢《あふ》れ返っていたテーブルが綺麗に片付いているのに気がついた。

響が起きて来た時には既にその状態になっていたのだが、三葉の存在に気を取られて視界に入っていなかった。ぴかぴかに拭かれたテーブルに、朝食の支度が調っている。

ひよこみたいな薄黄色の玉子焼きは、長方形にきちっと巻かれていた。切り口からじわっと出汁《だし》が滲《にじ》んでいて、口に入れる前からふわふわなのが分かる。

焼き目のついたソーセージには細《ほそ》い間隔で切れ目が入っていて、そこから香ばしい匂いが立ち上っている。味噌汁の具はじゃがいもとわかめで、お茶碗《ちゃわん》に盛られた白米はつやつやだ。

まさに理想的な朝食。ぐうと鳴ってしまいそうなお腹を押さえ、響は三葉に尋ねる。

「お前が片付けたのか？」

「はい。勝手な真似をして申し訳ありません。ですが、あの状態では食事をすることもままならないと思いまして…。こちらで召し上がるのですよね？」

もしかして、他の場所で食べているのかと不安げに尋ねる三葉に、首を振る。いや…と小さな声で言って、椅子を引いて座ると、お茶が置かれる。

「生憎《あいにく》、冷蔵庫の中に食材が余りなくて…大したものは作れなかったのですが、お味噌汁とご飯はおかわりがたくさんありますので。遠慮なく言いつけて下さい」

にこにこ笑って言い、三葉はお盆を抱えてテーブルの横に立つ。響は「ありがとう」と礼を言ってから、三葉の足下を見た。

「…足は？　いいのか？」

「はい！　響様が手当てして下さったお陰で、すっかり治りました。あの、湿布というのを外してしまったのですが、よかったでしょうか？」

「痛くないならいいぞ」

早めの手当てが功を奏してよかった。響は笑って頷き、箸《はし》を取る。

味噌汁を飲み、「美味《うま》いな」と思わず呟《つぶや》いた。聡子の味噌汁よりも少々薄いが、きちんといりこで出汁をひいて、味噌を溶く際の温度にも気を使っていると分かる。

「本当ですか!?　お口にあってよかったです！」

「料理、上手《うま》いんだな。…お前は？　食べたのか？」

「三葉は響様が終えられてから頂きます」

「何言ってんだ。一緒に食えよ」

「でも…」

「それと、響様っていうのはやめてくれ。響でいい…って言っても、年の差があってあれだろうから、響さんでいい」

響の言葉に三葉は大きく頷き、「では」と遠慮がちに言って、自分の朝食の用意をした。

響の斜め前に座って、「頂きます」と手を合わせる。

「この玉子焼き…美味いな。出汁がしみ出てくる。甘さもあって…焦げ目もつけずに、よくこんなに綺麗に巻けるな」

「お褒め頂いて恐縮です。玉子焼きを巻くのには自信があるんです」

「ソーセージもぷりぷりだ。こんなに美味《おい》しかったかな…」

「ソーセージは丁寧に焼くとうまみが増しますから」

卵もソーセージも冷蔵庫にあったものだとは思えない。美味い美味いと褒めて、響はあっという間に玉子焼きとソーセージを食べ尽くしてしまった。

三葉はそのスピードに驚きつつも、自分用に取り分けていたおかずをどうぞと勧める。

「いや、それはお前のだろう。お前が食えよ」

「三葉はご飯とお味噌汁があればじゅうぶんですから」

「俺も味噌汁で…おかわり、あるって言ってたよな？」

「はい！　お味噌汁とご飯は」

三葉の返事を聞き、響は早速、空にしたお茶碗とお椀《わん》を持って立とうとした。三葉は慌てて響を制し、「自分がやります」と言って食器を奪い、立ち上がる。響が遠慮する間もない早技だった。

まだ若いのによく働く三葉を見て感心しながら、その格好を改めて不思議に思う。

三葉は今日も昨日と同じ着物を着ている。違うのは羽織りが割烹着《かっぽうぎ》に替わったことくらいだ。白い割烹着は着物にはよく似合うがレトロ感が漂っている。聡子も割烹着を着るけれど、もっと今風の柄ものだ。

そもそも、着物というのは。

「珍しいよな。若いのに着物って」

「今は洋服が主流なのでしょうが、昔から着物姿が基本ですので…」

「基本？」

「あ…いえ。その…三葉が育ったのは山奥の村でして…少々時代遅れなところがありまして」

まだまだ着物が正装だという感覚が残っているのだと説明しながら、三葉は響の前へおかわりのご飯とお味噌汁を置く。椅子に座り直した三葉に、響はどこから来たのか聞いた。

「山奥の村って…どこだ？」

「えっと…その…山奥です。山の中にある村で…」

「いや、だから、どこ？」

「あっちです」

三葉はしどろもどろになりつつ、東の方を指さす。怪訝そうな響が「大山か？」と聞くと、曖昧《あいまい》な感じで頷《うなず》いた。

「大山に村なんかあったっけ…。裏側かな」

「…響さんは大きいからたくさん召し上がるんですね」

「まあな。…お前は小さいな?」

三葉は頭の上でお団子を結った髪型をしているから、実際の大きさが分かりにくいけれど、それをほどいたら百五十センチに満たないくらいだろう。響に「小さい」と指摘された三葉は、微《かす》かに表情を曇らせた。

「響さんから見たら小さいかもしれませんが…紹介所の基準からすると、大きい方なのです。もっと小さい方が有り難がられるというか…」

「紹介所?」

「あ、いえ! 何でもありません…。とにかく、三葉は出来そこないなんです」

「何言ってんだ」

三葉が自分を出来そこないと言うのを聞いた響は、強い調子で即座に反応した。食べていた箸を止め、否定する顔は真剣そのものだった。

「自分を出来そこないなんて言うもんじゃない」

「でも…」

「こんなに美味い飯が作れるんだ。ちっとも出来そこないなんかじゃないぞ」

卑下する必要などない。きっぱり言い切る響を、三葉は感動したように見つめる。二杯目のご飯もがつがつ食べ、あっという間に空にして「まだあるか？」と聞く響に、三葉は「はい！」と元気よく返事した。

三葉が炊いた三合のご飯のほとんどを食べた響は、片付けを任せて祠《ほこら》の世話に向かった。水を換えて手を合わせ、母屋へ戻り、三葉に病院へ行くぞと声をかける。三葉の兄が出したという手紙を聡子に読んで貰《もら》わなくてはいけない。

手紙の内容がどうであれ、今の江南家には人を雇う余裕などない。聡子からうまく話をして貰い、病院から三葉を家に帰らせようと考えていた響は、彼女が持参していた風呂敷《ふろしき》包みも持つように言った。

素直に従う三葉を連れ母屋を出る。中庭に停めてある軽トラのエンジンをかけ、助手席に乗れと三葉に指示する。

「車に乗せて貰えるんですか!?」

顔を輝かせ、嬉《うれ》しそうな声を上げた三葉は、車に乗ったことがないようだった。響は驚きつつ、「もしかして」と尋ねる。

「お前…車に乗るの、初めてなのか？」

「はい。座敷にひそんでいるのが仕事…いえ、うちには車がなかったので」

「そうか…」

車がなかったなんて。公共交通機関の発達した都会ならともかく、田舎で車は必需品だ。山奥の村なら尚更《なおさら》で、相当な高齢家庭でもない限り、どの家にもあるはずだ。車を持てないという三葉の家はかなり貧乏なのではないか。

そもそも三葉のような子供を働きに出さなきゃいけない家だ。複雑な事情があるのだろうと考え、響は神妙に頷く。

おずおずと助手席のドアを開けて乗り込んだ三葉にシートベルトのしめ方を教え、車を発進させる。ミッション車の古い軽トラはギアを上げる度にガクガク揺れ、三葉は表情を硬くした。

しかし、田圃《たんぼ》の中の道をスピードをあげて走り始めると、前のめりになってフロントガラスの向こうを食い入るように見つめる。

「すごい！　速いですね！」

「そうか？」

「田圃が…緑できらきらしてます。稲が大分育ってますね。田植えはいつ頃？」

「一月近く前だったかな」

昨夜は雲が空を覆い、月も星も見えなかった。朝には雨が降り出しているかもしれないと思っていたが、太陽が顔を覗《のぞ》かせている。夏も近い。白く強い光が青い苗を照らして生長を促す。

半分開いた助手席の窓から入り込む風が直接当たるのか、三葉がぱちぱちと目を瞬《しばたた》かせるのに気づき、響は窓を閉めていいぞと言った。

「大丈夫です。気持ちいいです」

「なら、全部開けていいぞ」

三葉は本気で「気持ちいい」と言っているようだったので、全開にするよう勧める。嬉しそうな顔で、どうやったら開けられるのか尋ねる三葉に、響はハンドルを持って回すのだと教えた。

「パワーウィンドウじゃないからな」

「ぱわー？」

「自動で開く車もあるんだよ」

「そうなんですか？…あ、開きました。うわあ」

さっきよりも風がたくさん入り込んで来て三葉は声を上げる。窓の縁を持って顔を近づけ、風に当たる感触を楽しむ様子を見た響は、尻尾《しっぽ》があったらぶんぶん振っていそうだなと苦笑した。

田圃が広がる地域を抜け、七洞川にかかる橋を渡ると景色が変わる。車が市街地へ入ると、三葉は先ほどとは違う感じに目を丸くした。色んな車や建物、信号に至るまで。全部初めて見たとでもいうように、視線を釘付《くぎづ》けにしている。

どんな田舎から出て来たんだ。響は内心で訝《いぶか》しみつつ、病院へ車を走らせた。聡子が入院している鵲市民病院は、鵲駅とは反対側の市の北西部にある。大山から連なる三池山《みいけやま》方面へ車を走らせ、七洞川沿いに上って行くと、八階建ての立派な建物が見えて来る。

まだ外来診療が始まるには早い時間で、駐車場は空《す》いていた。正面玄関に近い場所に駐車し、響は三葉を連れて車を降りる。本来、入院患者のお見舞い時間は午後三時から八時までと決められているが、田舎なこともあり、ほとんど守られていない。

聡子が入院している四階の病棟へ向かう間も、三葉は終始辺りをきょろきょろ見回していた。自動ドアやエレヴェーターにも驚きつつも、それを必死で隠そうとしているようだった。田舎者だと思われたくないのだろうと思い、響も見て見ない振りをしていた。

「母さん」

「…びっくりしたー」

四人部屋の病室。手前の右側に聡子のベッドはある。声をかけると同時にカーテンを引くと、聡子は朝食を食べ終えたところだったらしく、お茶の入った湯飲みを置いて響を見る。

「こんな朝早くにどうしたの？」

驚いた顔で尋ねる聡子に、響は答えるよりも先に自分の背後に隠れていた三葉を見せた。前に出るよう促され、おずおずと足を踏み出した三葉は、聡子に深々と頭を下げる。

「お初にお目にかかります。三葉と申します。精一杯ご奉公させて頂きますので、何なりとお申し付け下さい！」

「……。響？」

初めて会う着物姿の少女に病室中に響くような声で大仰な挨拶《あいさつ》をされ、聡子はきょとんとした顔で響を見て説明を求める。響は持参した手紙を聡子に渡し、とにかくこれを読んでくれと頼んだ。

宛名が「江南忠直様」となっているのを見て、聡子は目を見開く。引き出しから鋏《はさみ》を取ってくれと響に頼み、渡されたそれで封を切った。

聡子の手元を覗き見ると、便箋《びんせん》に書かれた文字も宛名書きと同じく達筆であるのが分かった。すんなりとは読めないほどの筆で書かれた文字を、聡子はやっとのことで読み終えて、三葉を見る。

「何だって？」

ちらりと見てすぐに解読を諦《あきら》めた響に聞かれ、聡子は便箋を渡した。内容を教えてくれるだけでいいんだが…と思いつつ、響は渋々目を通す。

その横で、聡子は三葉に質問していた。

「この手紙を書いたのは…」

「私の兄です」

「お兄さんは…うちのお祖父《じぃ》さんが死んだことを知らなかったのよね」

「そのようです。兄は江南家のご当主様宛に出したつもりだと思います。今のご当主様は…」

誰なのかと聞く三葉に、響と同じく聡子も答えなかった。困った顔で首を傾げ、「あのね」と三葉に話しかける。

「たぶん、お兄さんはうちのお祖父さんが死んだのも知らなかったようだから、うちが今、どういう状況にあるか、ご存じないと思うのだけど…申し訳ないけど、今のうちには人を雇う余裕はないのよ」

「お金を頂くつもりはないんです。ただ、江南家の皆様のお役に立てればいいので」

「でもね…」

「なんか、ご恩がある的なことが書いてあるけど、そうなのか？」

手紙を読んでいた響に聞かれ、三葉は重々しく頷いた。

「はい。ええと…覚えたあれですね。…我が赤穂家の先祖は江南家のご先祖様に厚恩があります！　三葉はそのご恩を返すべく、奉公しに参りました！　江南家の皆様のお役に立つよう、精々務めますので、何なりとお申し付け下さい…というわけです」

急に台本を読んででもいるかのように語り出した三葉を、聡子と響は目を丸くして見る。ご恩だの奉公だのといった時代錯誤な内容にも驚かされた。

「ご恩って…言われてもねえ。お祖父さんからはそんな話、聞いた覚えはないんだけど…」

「親父は?」

「全然」

響に聞かれた聡子は首を振り、「困ったわね」と呟《つぶや》く。聡子も響も、自分を家に置くことに難色を示しているのに危機感を抱いた三葉は、抱えていた風呂敷包みを捨て置き、その場に土下座した。

「お願いします! 何でもします! 家事は何でもこなせますし、読み書きも習いましたので少しは出来ます。私の食い扶持《ぶち》が問題なのであれば、少し畑を貸して頂ければ自分でこしらえますので…」

「ちょっと、あなた、そんなこと止めなさい。響」

「ああ」

土下座した三葉に驚き、聡子は響に止めるよう言いつける。響は頷き、床に這《は》いつくばっている三葉をひょいと持ち上げ、そのまま聡子のベッドの足下の方へ乗せた。

「っ…な、何を…!」

「いちいち土下座するなよ」

「あなた…ええと…」

「三葉です」

「三葉ちゃん。食い扶持がどうのって言うんじゃなくてね。働くならもっといいところがあると思うの。ちゃんとお給料が貰えて、福利厚生とかもしっかりしてる…」

「お金はいらないんです。ただ、奉公出来れば」

「奉公ってねえ」

真剣な表情で今時耳にしない言葉を繰り返す三葉に、聡子は呆《あき》れた表情を浮かべる。響に「どうする？」と尋ねると、自分も対応に困り、聡子に説得して貰おうと思って連れて来たのだという答えが返される。

「中浦さん、呼ぶか？」

「中浦くんに会社のこと以外で迷惑かけたくないわ」

「確かに」

「どうしたらいいかしら…」

「…あの…」

困惑した顔付きで話し合う響と聡子を見ていた三葉は、次第に表情を曇らせていった。沈痛な面持ちで呼びかけて来る三葉を見て、響はどきりとする。

今にも泣き出しそうなその顔は、車に乗っていた時とは別人のようだ。

「私…ご迷惑なのでしょうか…」

「うーん…迷惑っていうか…」

「すみません…。ご迷惑をおかけするつもりはないんです…。ただ…お役に立ちたくて…。実は…何度か失敗しておりまして、これが最後のチャンスだと思うのです…。三葉が出来そこないとそしられるのは仕方ないと諦《あきら》めておりますが、兄様や家の者まで陰口を叩かれるのは…心苦しくて…」

お願いします…と必死で頼む三葉を見ていた響は小さく息を吐き、ベッドの上で正座している小さな身体を再び抱え上げる。あわあわと慌てる三葉をよそに、抱えたまま病室の外へ連れ出した。廊下のベンチに乗せ、ここで待ってろと言い残して、聡子の病室へ戻る。

「響？　どうした…」

突然三葉を連れ出したのを不思議に思い、理由を聞こうとした聡子に、響は真剣な表情で思いがけない提案をした。

「あいつ。置いてやらないか」

「……」

さっきまでとは考えが変わったらしい響を、聡子は驚いた顔で見る。自分では追い返せなくて、困って病院まで連れて来たのではないのか。

どうしてと聡子が理由を聞く前に、響は口を開いた。

「あいつ。俺が昨夜《ゆうべ》飲んで帰ったら蔵の中で寝てたんだよ」

「えっ⁉」

「俺が出かけたのは夕方なんだけど、その後にうちに着いたみたいで、疲れて寝られるところを探したら…とか言ってたけど、随分遠くから歩いて来たんだと思う。山奥の村だって言ってたけど、家に車がなかったようだし」

「山奥で…車なくて、どうやって生活してるの？」

「だろ？　それくらい貧乏だから…ご恩だとか言ってるけど、たぶん、食い扶持を減らしたくて家を出されたんじゃないか。さっき、何度か失敗してるとか言ってたのも、他で雇って貰《もら》えなかったとか」

「ええ〜」

深刻な顔つきで響が話すのを聞いて、聡子も表情を曇らせる。江南家も窮地にあるが、車が持てないというレベルではない。

「うちに人を雇える余裕がないのは俺も分かってるから、母さんに説得して貰おうと思って連れて来たんだが…なんだかかわいそうになって来て…。うちはまだ食うに困るほどじゃないだろ？　給料はいらないって言ってるし、うちに置いてやるだけなら…部屋はいくらでもあるんだし…」

「でも…」

土下座して頼む三葉を目にして、聡子もかわいそうだとは思った。それでも家の事情を考えるとためらいが生まれる。迷う聡子に、響は更に続けた。

「それに…あいつが自分を『出来そこない』だって言うのが…なんていうか、気になってさ。あいつ、全然出来そこないなんかじゃないんだよ。朝に飯を作ってくれたけど、すごく美味《うま》かったし…礼儀正しいし。俺もよくおばあさんに『出来そこない』だって言われたけど…」

響が「おばあさん」と口にすると、聡子は反射的に顔つきを硬くした。響が三葉を気にする理由が飲み込めて、話を遮るように「分かったわ」と返事する。

聡子にとっても響が「出来そこない」と言われていた記憶は苦いものだった。

「響がいいなら、お母さんもいいわよ」

「…いいのか?」

「何言ってんの。私とあんたしかいないんだから」

他の誰の許可がいるのかと笑って言う聡子に響は「ありがとう」と礼を言う。そして、廊下で待たせている三葉を連れて来ると言って、もう一度病室を出た。

ベンチには三葉がちんまりと正座していた。その顔は硬く緊張していて、ちょっとでも突《つつ》いたら涙が溢《あふ》れてしまいそうに見えた。出て来た響を見上げる目は、捨てられた子犬のようだ。

「……」

車に乗っていた時は尻尾《しっぽ》を振り回しているみたいだったのに。響は苦笑して、中へ入ろうと促す。

「響さん…あの、…」

待たされている間、三葉はずっと自虐的な考えでぐるぐるしていたに違いない。しょんぼりとした表情を見て、「心配するな」と言う前に、手が動いていた。

「そんな顔するなよ」

大きな掌《てのひら》を三葉の頭に乗せてぐりぐりと乱暴に撫《な》でる。犬の頭を撫でているような気分だったが、三葉は頭の上にお団子を結っている。

「あっ…い、痛いです、響さん…！」

「あ、悪い」

結果的に頭でなくお団子をぐりぐりしてしまい、髪が引っ張られて痛いと三葉は違う意味で泣き顔になる。その上綺麗《きれい》に結ってあったお団子も乱れてしまい、響はまずいと慌てて、ごまかす為にまたしても三葉を抱きかかえて聡子の元へ運んだ。

ベッドの上に乗せられた三葉の髪型が崩れているのを不思議そうに見ながら、聡子は「三葉ちゃん」と呼びかけた。

「本当にお給料なくてもいいの？」

「え…あ…は、はい！　もちろんです！」

「情けない話でごめんなさい。うちは今、本当に…とても苦しい状況なの。もしも業績が改善したら…」

「もしもなんて言うなよ」

「あ、そうね。うん。響たちが頑張って、何とかなったらちゃんとお支払いするから。それまでは…ご飯と寝るところしか用意出来ないけど、それでもいいなら」

「……!!」

お願いしますと聡子が最後まで言う前に、三葉は大きく頷《うなず》いた。うんうんと上下に頭を何度も動かすと、崩れかけだったお団子が崩壊する。溢れかけていた涙はうれし涙に形を変えて三葉の頬を濡《ぬ》らした。


日本酒の多くは寒造りと呼ばれる手法で造られている。雑菌などが繁殖しにくい気温が下がる時期…十二月から二月くらいまでの間に醸造する方法は江戸時代に確立されたと言われている。

空調設備などの発展から四季醸造を行うメーカーも増えて来ているが、投資額がそれなりにかかるせいもあって、まだまだ寒造りが主流だ。

秋に収穫された新米は精米から洗米、浸漬《しんせき》、蒸し、製麴《せいぎく》、酒母《しゅぼ》造り、醪《もろみ》造り、搾りという工程を経て、日本酒へと生まれ変わる。仕込みの期間は朝早くから夜まで…場合によっては夜中も仕事があるほど多忙であるが、梅雨時の今頃は、酒蔵にとっては余裕のある時期でもある。

かつて酒を仕込む杜氏《とうじ》や蔵人というのは農閑期や漁閑期の副業として働き、仕事を終えると故郷に帰るというケースが大半だった。江南酒造でも数ヶ月間泊まり込みで酒を造る杜氏集団を迎え入れていた。

しかし、時代の流れと蔵の方針が変更されたことによりそれが途絶え、更に紆余《うよ》曲折を経て、現在は社員として勤める若手三人組と響で、酒を醸している。

響が三葉を病院へ連れて行ったその日。いつものように出勤した中浦は中庭で一升瓶ケースを洗う為に準備をしていた塚越楓《つかごしかえで》と高階海斗《たかしなかいと》を見つけ、「おはようございます」と挨《あい》拶《さつ》した。

塚越と高階は、現在杜氏を務める秋田と共に蔵人として酒造りを行っている。塚越は飲食業から転職して六年目の二十五歳。金髪がトレードマークで、口調も荒いが、一を言えば三まで察する勘のいい働き者だ。

高階は高卒後就職した四年目。塚越と比べると全体的にゆっくりしているものの、穏和で器用だ。二人とも五十六になる中浦にとっては子供のような年齢である。

中浦の声を聞いた高階が挨拶を返した後、問いかける。

「中浦さん、響さんいないみたいなんですけど、出張とかですか?」

「え?」

そんな話は聞いていない。昨夜も響は飲んではいたものの、酔っ払っているようではなかった。途中までは送ったが、その後、歩いて帰る間に何かあったのだろうか。

「母屋にいないということですか?」

「みたいっす」

「軽トラないから、出かけたのかなって」

中浦の問いに頷く高階の横から、箱を並べている塚越がつけ加える。中庭の奥を見れば、いつもそこに停まっている軽トラがなかった。

帰路で田圃《たんぼ》に落ちたという事態ではないらしいとひとまずほっとしつつも、響が朝から出かける理由に心当たりはなかった。

「出かけるとは聞いてませんが」

取り敢《あ》えず、電話してみようと中浦がポケットからスマホを取り出した時だ。車のエンジン音が聞こえ、捜そうとしていた響の運転する軽トラが中庭に入って来る。

電話をかける前に帰って来てよかったと思いかけた中浦は、助手席に見知らぬ人影を見つけた。一緒にいた塚越と高階も気付いており、三人は揃って軽トラを凝視する。

「誰です？」

「さあ…」

「女…」

塚越が呟《つぶや》いた通り、中浦と高階もそれが女性であるのは気付いていた。定位置に停めた車から響が降りて来る。「おはよう！」といつもの大声で挨拶する響よりも、その後ろを三人は見つめたままだった。

助手席から姿を現したのは女性というより、女子だった。しかも小さい。手前にいるのが響だから余計にそう見えるのかもしれないが、それにしても小さい。

その上、着物だ。風呂敷《ふろしき》包みまで抱えている。まん丸の目をきらきら輝かせ、頬を赤くして、響のあとをついて来る様子は親鴨《がも》を追う子鴨のようだ。

誰だ？　中浦も塚越も高階も、全員が知らない女子をじっと見つめていた。響は三人の前で立ち止まると、連れて来た女子を紹介した。

「うちの手伝いをすることになった三葉だ」

「お初にお目にかかります。三葉と申します。本日よりご奉公させて頂くことになりましたので、どうぞよろしくお願いします！」

「待って下さい、響さん」

小さな身体を折り曲げて深々と頭を下げる三葉を見て、中浦はさっと表情を厳しくする。響の腕を掴《つか》んでその場から連れ出し、小声で確認した。

「手伝いってどういうことですか？　うちにそんな余裕は…」

「分かってます。本人にも給料は払えないって言ってありますし、色々事情があって…また後で説明しますが、母さんも了解済みなので大丈夫です。あいつには家の方の手伝いをして貰うつもりです」

「病院へ行ってたんですか？」

響は頷いて中浦に後ほど改めてと約束をし、三葉たちの元へ戻った。塚越たちと無言で見合っていた三葉に三人を紹介する。

「塚越と高階と、中浦さんだ。あと、秋田ってのがいるんだが、出張中で…」

「夕方までには戻って来るみたいですよ」

つけ加える塚越に「だそうだ」と響は同調する。三葉は一人ずつ順番に見て、「中浦さん、塚越さん、高階さん」と覚える為に繰り返した。

塚越は腕組みをして三葉を見下ろし、「聞いてもいい？」と確認する。

「はい」

「なんで着物？」

「これしか持っていないので」

「⁉」

三葉の回答は塚越の予想を超えるものだったらしく、激しく眉を顰めて響を見る。「何こいつ何処《どこ》から来た？」。鋭い視線でそう聞いて来る塚越に苦笑し、響はざっくり説明した。

「山奥の田舎で育ったみたいで…」

「いやいや。今時、どんな田舎だって洋服売ってる店あるでしょ。逆に着物の方が売ってなくない？」

「家に車もなかったらしいから店に行けなかったんだよな？」

「はい。これもお下がりで…直して着ています」

「貧乏…？」

山奥の田舎なのに車がなく、お下がりの着物を直して着ている。そんな事実を並べて塚越が出した答えは自分と同じものだったので響は深く頷いた。

信じられないと衝撃を受けている塚越の横で、高階は「そっか」と笑う。

「三葉ちゃんも色々大変なんだねえ。えっと。高校を出たばかりくらい？」

「学校は…出てませんが、読み書きは出来ます。あと、歳は二十二です」

「えっ!!」

三葉の口から伝えられた年齢は、その場にいた四人全員を驚かせた。皆が二十歳にはなっていないと確信していたし、高階が高校出たてかと聞いたのも、気を使ってのことだった。本当は高校生…それも中学を出たばかりくらいじゃないかと思っていた。

せいぜい十五、六。背が小さいだけじゃなく、三葉は童顔で、とても成人しているようには見えない。

「二十二って…お前、大人だったのか…！」

「若く…見えますよね…」

「マジか」

「俺より年上…？」

二十一になる高階が衝撃を受けているのを三葉は不思議そうに見つつ、「でも」と続けた。

「こちらでの暮らしは分からないことばかりですので、色々教えて下さい」

「う、うん…。といっても俺は一番下っ端で…」

戸惑いながら高階は塚越を見る。塚越は腕組みをしたまま、響に尋ねた。

「一緒に仕事するってわけじゃないんだよね？」

「ああ。家のことをやってもらう。母さんも帰って来てしばらくはおとなしくさせておきたいし」

退院して来た聡子がその日のうちから無理をして働きそうなのは、塚越たちには容易に想像がついて「ちょうどいい」と頷く。

三葉は改めて「よろしくお願いします」とお団子頭を深く下げた。


三葉を連れて母屋に戻った響は、取り敢えず、今日はゆっくりしろと言い渡した。

「何をやって貰《もら》うかはまた母さんと話して決めるから」

「はい。…あの」

「なんだ？」

「お心遣いは嬉《うれ》しいのですが、何もしないのは落ち着かないので、家事はしてもいいでしょうか？」

今朝も三葉は朝食を作るだけでなく、台所や水回りの掃除などもこなしていた。じっとしていられない質なんだろうなと理解しつつ、響は好きにするよう三葉に任せる。行ってらっしゃいませ…と三つ指をついて見送られるのに首を傾げ、事務所へ向かった。

以前は多くの社員が出入りしていた江南酒造の事務所は、聡子が入院している今、中浦が一人で守っている。響が事務所の引き戸を開けた時も、中浦は受話器を肩で挟んで話しながらファイルを捲《めく》っていた。

入って来た響を見ると、はっとしたような表情になり、手招きする。

「…はい…分かりました。では…そのようにこちらも対応しますので…了解です。よろしくお願いします…」

電話を切った中浦は焦っているようだった。不思議に思いつつ、その前に立つと「大変です」と緊迫した物言いで告げられる。

「梅の入荷が明日《あした》に早まるそうです」

「明日…!?」

本来の予定は来週で、それも週末にかけて入荷するはずだった。それが明日というのは急過ぎる。驚く響に、このところ気温が高かったので心配していたのだと中浦は続けた。

「去年も晴天続きで早くなったでしょう」

「確かに。でも、今年は雨が続いたりしたんで大丈夫だろうと思ってたんですが」

「とにかく、仕込みの準備をしないと…秋田くんは夕方には戻るという話でしたよね？」

「ええ。取り敢えず、秋田に連絡を取って、塚越たちと道具の準備をします」

「お願いします。こちらはパートの孝子《たかこ》さんたちに連絡を」

江南酒造では毎年六月に梅酒を仕込んでいる。貴重な収入源でもある梅酒の仕込みは大変重要な仕事で、対応を話し合う二人の顔は真剣そのものだ。

仕込みに使うのは青梅と決まっているので、タイミングを見計らって収穫される梅を後回しには出来ない。予定を全て変更し、梅酒の仕込みにシフトすると塚越たちに伝えに行こうとした響は、手に持っていた封筒に気付き、「そうだ」と声を上げた。

「これを」

説明すると約束した中浦に見せようと思って、三葉の兄から届いた手紙を持って来ていた。机の上に置かれた封筒を、中浦は不思議そうに持ち上げる。

「何ですか？」

「あいつの兄貴が寄越《よこ》した手紙です。おじいさん宛になっていたので、母さんに封を開けて貰いました」

響の言う通り、封筒の表書きには「江南忠直様」と書かれている。自分が読んでもいいのかと確認する中浦に響は頷《うなず》き、手紙を読み始めた彼の前で三葉の話をした。

「昨夜、帰って来たらあいつ、蔵の中で寝てたんです。うちで働くつもりで来たというんで驚きました。前もって手紙を出してたらしいんですが、母さんが入院した後に届いたようで見てなかったんです」

「…なるほど。江南家に恩があると書いてありますが、聡子に心当たりは？」

「ないって言ってました。おじいさんや親父からもそんな話は聞いたことはないって…まあ、うちのおじいさんが母さんに話すとは思えませんし」

江南酒造の当主として長く酒蔵を守っていた忠直は厳格な人柄で知られた。職人気質《かたぎ》の無骨な人でもあったから、同じ家で暮らしながらも嫁の聡子とは距離があった。

「じゃ、この真偽を確かめる術《すべ》はないんですね…」

微《かす》かに表情を曇らせる中浦は、三葉の身元に不審を抱いているようでもあった。響は肩を竦《すく》め、たとえ手紙に書いてある内容が嘘《うそ》だったとしても、三葉自身を疑う必要はないんじゃないかと言う。

「給料は要らないっていうし、目的があるようには思えません。そもそもうちは財産どころか借金しかないような状態です。万が一、邪《よこしま》な狙いがあるんだとしたら、すぐにいなくなると思います」

「だといいんですが」

「それに…あいつはいい奴だと思うんです」

「……」

笑って断言する響に、中浦も反論はなかった。緊張した面持ちで頭を下げた三葉に思惑は感じられなかった。

小さく息を吐いて響に同意し、それから、少し声を潜めて尋ねる。

「…聡子の調子はどうですか？」

「順調みたいです。このまま何もなければ来週には帰って来られるって言ってましたが、梅の入荷が早まった件はしばらく内緒にしておこうと思います。病院を抜け出して来そうですから」

聡子ならやりかねないと、二人揃ってうんうんと頷き合う。聡子に無理をさせたくないので、ちょうどよかったと結論付けたものの、問題がないわけではない。

「ですが、聡子がいないとなると…孝子さんに頼んでパートさんをもう一人探して貰った方がいいでしょうか」

「そうですね…でも、明日っていうのは急だから…あ！　ちょうどいいのがいます！」

やる気満々でゆっくりしていられない、働き者のニューフェイス。三葉の名前を出さずとも、響の考えは中浦に伝わっていた。

「あの子ですか」

「働き者ですし、料理もうまいんで、きっと梅も上手に扱うと思います」

「うまいって…どうして知ってるんですか」

「朝飯、作ってくれました」

三葉が来たのは昨夜だと聞いている。一晩泊めて、聡子のいる病院へ連れて行ったという話だったが、その間に掃除も料理もしたというのだから、働き者だというのも頷ける。

元々、梅酒の仕込みは人手を必要とするので、毎年同じパート従業員を雇っている。皆がこの時期はいつ連絡が来てもいいように空けてくれているのだが、明日急に人員を増やしてくれというのも、なかなか難しい話だろう。

「確かに」

それに。三葉が手伝ってくれるなら、人を探す手間だけでなく賃金も省ける。

「…そうですね」

ぎりぎりの自転車操業である財政状況を考えると、中浦に反対する理由はなかった。響の提案を了承し、三葉の兄が送って来たという手紙を響に返す。

「中浦さん。見舞い行きました？」

何気ない風を装って尋ねる響を、中浦は視線を上げて見る。いいえ。口には出さず、首だけを振ってそう伝え、理由をつけ加える。

「俺が顔を出すと気を使うでしょうから」

三葉の件で中浦を呼ぶかと提案した時、聡子は会社のこと以外で迷惑をかけたくないと首を振った。後ろめたさを感じ続けている聡子に対し、中浦は聡子の世間体を守り続けている。

永遠に平行線のように思えて、複雑な心境になる。もうそろそろいいんじゃないか。そんな本心を飲み込み、響は仕込みの準備をして来ると言って事務所を出た。


中庭で一升瓶ケースを洗い始めていた塚越と高階に、梅が明日入荷することになったと伝えると、二人は驚いて急ぎ仕事を切り替えた。響は手伝い始める前に秋田に連絡を取り、帰りがいつになるかを確かめた。

梅の仕込みを来週に予定していた秋田は焦りつつも、東京で酒販店の担当者と会う約束をしてしまったので、帰りは夜になりそうだと言う。酒販店への営業も重要な仕事である。響は明日に間に合うなら大丈夫だから、気をつけて帰って来いと返した。

パートへの連絡を済ませた中浦も合流し、四人で一日かけて仕込みの準備をした。江南酒造の梅酒は日本酒の原酒と氷砂糖で漬け込まれる。梅以外の材料は醸造責任者でもある秋田によって揃えられていたので、仕舞ってあった道具を出して点検し、作業しやすいよう並べた。

昼をとるのもそこそこに働いている内に定時としている五時になった。冬場の仕込みの時期には定時という概念はなくなるが、夏に向けての今頃は特に用がない限り、八時半から十七時という勤務時間を定めている。

急な話に驚いたものの、初めての仕事ではない。昨年と同様に準備を終え、塚越と高階、中浦は帰って行った。響は三人を見送ると、各所の戸締まりを済ませてから母屋に戻った。

忙しかったせいもあり、玄関先に着くまで、すっかり三葉のことを忘れていた。聡子が入院して以来、夜は外食にしている。今日は何処《どこ》へ飲みに行こう。風呂《ふろ》は帰って来てからでいいか。そんな予定を頭に描いていた響は、玄関の明かりが灯《とも》っているのに気付いて、はっとする。

そうだった。三葉が…。

慌てて玄関の引き戸を開けると。

「お帰りなさいませ！」

「……！」

上がり框《かまち》に三つ指をついた三葉が待ち構えていてぎょっとする。まさかここでずっと自分が帰って来るのを待っていたのだろうか？　いやいや。

「おい…」

「お仕事お疲れ様でございました。お風呂の用意も出来ておりますが、先にお食事になさいますか？」

「……」

いやいやいや。心の中だけで首を振り、参ったなと思って頭を掻《か》く。高級旅館でもあるまいし三つ指なんて。

「こんな大げさにしなくていいぞ」

「大げさ…と仰《おっしゃ》いますと？」

「まず、顔を上げてくれ」

溜《た》め息を飲み込んで響が言うと、三葉はゆっくり身体を起こす。不思議そうな三葉は自分がしていることが当たり前だと思っているようだった。

「玄関先で帰りを待つとか、しなくていい」

「そうなのですか……？　でも、以前に伺った家では……」

「うちはたいした家じゃないから、普通にしてくれ」

「普通……」

「俺が帰ってもわざわざ出て来なくていいし、『お帰りなさい』と声をかけてくれる程度でいい」

「そうなのですか……」

納得し難い顔付きながらも、三葉は「承知致しました」と頷く。それから、風呂と食事のどちらを先にするかと、再度聞いた。

母屋で着替えて飲みに行こうと考えていたところだ。じゃ、食事を。響の答えを聞いて、三葉は威勢の良い居《い》酒屋の店員の如《ごと》く、「かしこまりました！」と返事して台所へ走って行く。

「変な奴だなあ」

苦笑して呟《つぶや》き、心配そうだった中浦の顔を思い出す。三葉の身元がはっきりしないのは確かだが、思惑があるとは到底思えない。

三葉の後を追って台所へ向かうと、板の間のテーブルには夕飯の支度が調えられていた。三葉は温めた味噌汁《みそしる》をお椀《わん》に注ぎながらすまなそうに詫《わ》びる。

「朝に卵とソーセージを使ってしまったので…食材がなくて。すみません」

冷蔵庫に何もないのは響も分かっていた。一人で自炊するのも面倒で、聡子が入院して以来買い物に行っていない。それなのにテーブルには何品もの料理が並んでいる。

「棚や引き出しにありました乾物や缶詰を使わせて頂きましたが…よろしかったでしょうか」

「もちろんだ。よくこれだけ用意出来たな」

感心しながら椅子に座ると、三葉が味噌汁を注いだお椀を運んで来る。一緒に食えよと声をかけ、お茶碗《ちゃわん》を持って「炊き込みご飯か？」と聞いた。

「はい。炊き込み…というより、混ぜご飯です。干し椎茸《しいたけ》とかんぴょうを甘辛く煮まして、細かく刻んで混ぜました」

「…うん、美味《うま》い。酢飯っぽいな？」

「お分かりですか？　具が甘辛なので、少し酢をきかせた方があうかと思いまして」

「なるほど」

ちらし寿司《ずし》の感覚に近いが、それよりももっと素朴で滋味深い味だ。急な予定変更で忙しく働いたこともあり、空腹だった響はがつがつと混ぜご飯を食べ、三葉におかわりを頼む。

「気に入って下さって嬉《うれ》しいです」

「…これはなんだ…あ、切り干し大根か？」

「はい。そちらは戻してからツナ缶と和《あ》えたものです」

「切り干し大根ってこんな風に食べられるのか。歯ごたえがいいな」

「サラダのように頂けますよね」

シャキシャキしてると感心する響に、三葉は炊き込みご飯のおかわりを運ぶ。礼を言って受け取った響は、切り干し大根の横に並ぶ高野豆腐に箸《はし》をのばした。

「高野豆腐なんて久しぶりに食うな」

持ち上げただけで出汁《だし》が滴り落ちる高野豆腐をお茶碗で受け止め、一口で頬張る。甘みがじゅわっと口内で広がり、ご飯が進む。三杯目のおかわりを三葉に頼んで、響は「よし」と声を上げた。

「飯を食ったら買い物に行こう。冷蔵庫に何もないと困るだろう」

「買い物って…でも、もう夜ですよ？」

「スーパーは八時くらいまで開いてる」

怪訝《けげん》そうに指摘する三葉に、響は閉店時間までまだあるから大丈夫だと返す。「スーパー…」と心許《こころもと》なげに繰り返す三葉にもしかして…と思い、聞いてみた。

「スーパーだよ。行ったことないのか？」

「えっ…あ、あります、あります！」

「……」

あるに決まってると繰り返すのがかえって怪しい。車に乗ったこともなかったようだから、スーパーマーケットにも縁がなかったのかもしれないなと考える響に、三葉はごまかすみたいにひじきも美味《おい》しいのだと口早に教えた。

「大豆の缶詰なんかもありましたから、一緒に炊いてみたんです」

「…うん、美味い」

ひじきと豆が薄味で炊かれているから、素材の味が感じられる。一つ一つの料理が全体の味のバランスを考えて作られていて、三葉の料理の腕が確かなものだと物語っていた。

「買い物に行くのであれば、明日はもっとご満足頂けるご飯を作ります。響さんはたくさん召し上がるのでこれでは物足りないでしょう」

「そんなことないぞ」

聡子が入院してからはずっと外食だったので、夕飯を家で食べるのは久しぶりだ。広い家で、一人で食事をするのは気が進まず、朝でさえ、事務所でパンを食べたりしていた。へたに賑《にぎ》やかだった頃の記憶があるからいけない。

そんなことを思うと、家に帰って来たばかりの頃が蘇《よみがえ》った。ここで聡子と二人きり夕飯を食べた時、知らない人生に放り込まれたような気がした。

急に感情を消して沈黙する響を、三葉は心配そうに見て呼びかける。

「響さん？」

「…え？」

「何か、お口に合わないものでも？」

「…いや。全部美味い。それより、お前は何してたんだ？」

慌ただしくしていたせいもあって、三葉がいるのも忘れていた。やって来たばかりなのだし、もう少し気遣ってやるべきだったかと、反省もあって尋ねる響に、三葉は忙しくて一日があっという間だったと答える。

「あちこち掃除して…洗濯もさせて頂きました。お天気がよかったのですっかり乾きまして、仕舞う場所が分からなかったものは、座敷の方に置いてあります」

「ありがとうな。片付けておく」

「…あの、響さん。洗濯を干していた時、お庭の隅に畑に出来そうな場所を見つけたのですが…」

三葉の言う場所がすぐに思いつかず、響は首を捻《ひね》る。覚えはないがかつては多くの使用人がいたこともあるので、そういう場所があってもおかしくはない。

それで？　と話を促すと、三葉はそこを自分が使ってもいいかと聞いた。

「畑があれば野菜を作っておけますし」

「畑仕事なんか出来るのか？」

「もちろんです！」

ならば好きに使ってくれと響が言うと、三葉は顔を輝かせて礼を言う。畑が出来るのが嬉しいなんて、本当に変わってる。野菜なんてスーパーに行けば買えるだろうに…と思いながら、響は高野豆腐を一口で飲み込んだ。


三葉がこしらえた三合分の混ぜご飯を響はほぼ一人で平らげた。片付けを済ませてから、スーパーへ出かけようとしたところで、玄関から声が聞こえて来る。「響さーん」と呼ぶ声は遠出していた秋田のもので、響は「おう」と答えながら玄関へ向かう。

「お疲れ」

玄関の土間に立っていた秋田は遅くなったと詫びる。響ほどではないが、秋田も長身で体格がいい。坊主頭がトレードマークで、いつもは手ぬぐいを巻いている。

大学で醸造を学んだ秋田は、卒業後、縁があって江南酒造に就職した。前の杜氏《とうじ》だった木屋《きや》の下で修業していたが、今は木屋に代わって杜氏となり、江南酒造の醸造責任者を務めている。

「梅の件、すみません。生育次第で去年みたいに早まるかもって聞いてはいたんですが、こんなに早くなるとは」

「ちょうどよかったな。出かけたばかりだったら呼び戻さなきゃいけないとこだった。準備は終わったし、孝子さんたちも来てくれることになってるから」

手配は全て済んでいると聞き、秋田は「ありがとうございます」と礼を言う。大きなデイパックを背負った秋田の足下にはクーラーボックスを載せたキャリーカートがある。駅からそれを引いて歩いて来たのかと聞く響に、秋田は苦笑した。

「さすがにタクシー使いましたよ。先輩のところから色々貰《もら》って来たのと…買って来たのもあって、うちの冷蔵庫には入りきらないので蔵の冷蔵庫に入れさせて貰おうかと」

「手伝う」

「いや、自分で…」

やるから大丈夫だと言いかけて秋田はフリーズする。その視線が自分の背後に注がれているのに気付き、振り返った響は、廊下の壁に隠れて様子を窺《うかが》っている三葉を見つけた。

出かけていた秋田にはまだ三葉を紹介していない。ちょうどいいと思い、「あれは」と言いかけた響を秋田の声が遮る。

「ざ、ざ、座敷わらし…っ…!?」

「!?」

怯《おび》えた顔で秋田が発した言葉は響には考えも及ばないもので衝撃を受ける。

座敷わらしってのはなんだ？　確かに三葉は着物姿で小さくて…そう…見えなくもない

…のか。

納得しかけて、響はぶるぶる首を振る。

「響さんっ、見ました？　見ましたか？　今、あそこに座敷わらしが！」

秋田の声に驚いたのか、三葉は姿を消していた。響は動揺している秋田に「落ち着け」と声をかけて、座敷わらしなんかじゃないと言い聞かせる。

「そんなもん、いるわけないだろう」

「でも…確かにいたんです！　俺、見ました。小さくて着物の女の子が…そこに…！」

「だから、それは」

「前から思ってたんです。ここ、古い建物だし、そういうのがいそうだなって…。あ、でも、座敷わらしって、いると家が繁栄するとか…縁起が良いやつでしたっけ？」

「違う」

「縁起悪い？」

「だから、そうじゃない」

秋田は優秀な男だが、時折、間抜けな一面を見せる。響はふうと息を吐き、奥に向かって「三葉」と呼びかける。本人を前にして説明した方がいいだろうと思って呼んだところ。さっき姿が見えた壁の向こうから恐る恐る顔を覗かせる。顔が半分見えた状態で「お呼びですか？」と聞いてくる三葉はおびえているようだった。

「出たっ！」

「お前が大きな声出すから、怖がってるだろう。三葉、ちょっと来てくれ」

再び声を上げる秋田を注意し、響は三葉を手招きする。おずおずとやって来た三葉の顔は硬く強《こわ》ばっており、響はかわいそうに思いながら、秋田に紹介した。

「こいつは三葉といって、うちの手伝いをすることになった奴だ」

「え…？　手伝い？」

「座敷わらしなんかじゃないんだ。なあ、三葉」

「……」

「ほら、見ろ。お前が変なこと言うから…ごめんな、三葉」

三葉が機嫌を損ねていると考えた響は申し訳なさそうに詫《わ》びる。奉公先の主人（仮）である響に謝られた三葉は「とんでもない」と慌てて、誤解だと弁明した。

「違うのです…！…変なことじゃなくて…」

「秋田はちょっととぼけてるが悪い奴じゃないから。うちにもう一人いるって話してただろう。こいつだ」

「こちらが秋田さん…。お初にお目にかかります。三葉です」

響に秋田を紹介された三葉は、その場に正座し、三つ指をついて挨拶《あいさつ》する。秋田は座敷わらしなどと誤解してしまった自分を恥ずかしく思いつつ、「すみませんでした」と三葉に詫びた。

「そうですよね。座敷わらしなんているわけないですよね。失礼しました。俺、おっちょこちょいなところがあって…初めまして、秋田健太郎《けんたろう》です。よろしくお願いします」

三葉に負けじと秋田も深く頭を下げるものだから、背負っていたディパックが頭の上に雪崩《なだ》れて来る。慌てて体勢を直す秋田に、響は出かけるところだったので、酒を仕舞ったら送ってやると申し出た。

「何処《どこ》へ行くんですか?」

「スーパーだ」

響は秋田と共に貯蔵蔵へ向かい、保管用の大型冷蔵庫に秋田が運んで来た酒を仕舞った。秋田が教えを受けている大学の先輩が、福島で杜氏として造っている酒を数種類持たせてくれたのだという。

「あと、地元の酒屋さんで買い込んだ酒も。先輩から勧められた酒屋さんだったんですが、うちの酒も試しに扱ってくれるって言ってくれました。中浦さんに話して連絡を取って貰います」

「そうか」

嬉《うれ》しそうに報告する秋田に「やったな」と声をかけ、冷蔵庫に並んだ酒を眺める。どれも美味そうだという気持ちを顔に滲《にじ》ませる響に、秋田は忠告する。

「駄目ですよ、響さん。これは俺の勉強用に貰って来た酒なんですから」

「分かってるって。開ける時は教えてくれ。付き合う」

「響さんは全部飲んじゃいそうで怖いんですよ。…そう言えば、あの女の子。三葉ちゃんでしたっけ。なんで着物なんですか？」

なんでと聞かれても、それ以外持っていないらしいからとしか答えられない。面倒に思って、「さあ」と首を傾げると、秋田は更なる疑問を口にする。

「手伝いをするとか言ってましたけど、まだ高校生とかですよね？　親戚《しんせき》の子を預かったとか…ですか？」

「いや。あいつ、二十二だぞ」

「何が？」

「歳」

「……？　二十二歳…だって言うんですか？　またまた〜。響さん、俺が何言っても信じるって思ってるでしょ？　さすがの俺だって、それは信じませんよ〜」

根が純真でだまされやすい秋田は、響だけでなく後輩の塚越や高階からもしょっちゅうからかわれている。二十二歳というのは嘘《うそ》に違いないと決めてかかる秋田に、響は真面目な顔で返す。

「本人がそう言ってるんだから」

「またまた」

「マジだって」

「…マジなんですか？」

どうも本当のようだと察し、秋田は改めて混乱したように頭を抱えた。

「えー…でも、どう見ても子供…えー…あれで大人…えー…？」

「あいつの飯、美味《うま》いぞ」

首を捻る秋田に笑って言い、響はついでに明日《あした》の準備も確認してくれと頼む。秋田はもちろんですと頷《うなず》き、作業場のある仕込み蔵へ移動し、梅を洗う為の桶《おけ》やざるなどを点検した。椅子も人数分あるかと数え、途中で聡子がまだ退院していないのに気付く。

「そうだ。奥さんがいないから…」

「母さんの代わりはあいつにやって貰う」

「あいつって…」

三葉ちゃんですか？　と聞く秋田に響は「子供のように見えても役に立つ」と返した。響は人を見る目がある。それにたとえ二十二歳というのが間違いだとしても、年齢が影響する仕事ではない。

「中浦さんよりは絶対マシだ」

「なるほど」

中浦の不器用さは有名だ。確かにと深く頷き、仕事道具の確認を終え、母屋へ戻った。

玄関先では緊張した面持ちで三葉が二人を待っていた。行くぞと言う響の声に反応し、駆け寄って来る。子犬みたいだと思いつつ、一緒に中庭へ向かった秋田は、軽トラの近くまで来たところである事実に気がついた。

「でも…響さん。軽トラだと…」

二人しか乗れないのでは…と言う秋田に、響は軽トラの荷台を指さす。そんなことだろうと思ったと秋田は諦《あきら》め顔で頷き、空にしたクーラーボックスとキャリーカートを積み込み、自分自身も荷台に上がった。

「あの…！　私が後ろに乗りますから…秋田さんは前に」

「何言ってんだ。危ないだろ。お前は助手席だ」

「そうだよ。女の子が荷台なんて」

とんでもないと秋田は譲らず、三葉に助手席へ乗るよう勧める。早く乗れと響に言われ、三葉は遠慮がちに軽トラに乗り込んだ。

背後の窓越しに秋田の後頭部が見える。心配そうな三葉に、響は慣れているから大丈夫だと言った。

「いつものことだ」

「そうなんですか？」

ああ…と頷き、響は車を発進させる。敷地を出てすぐ左に曲がるところで車が揺れ、後ろから「うわあ」という悲鳴が聞こえた。

「響さん！　安全運転！」

「してる！」

古いミッション車だ。ギアを切り替える度に前後へ揺れるし、ハンドルも重いから勢いよく切らなくてはならない。田圃《たんぼ》の真ん中を通る一本道に出ると、ようやく走りが安定した。

「朝も通った道ですよね？」

「ああ」

六月に入って一年で一番日が長い頃となり、日の入りは午後七時を過ぎる。まだ空は明るいが夜の用意を始めている。前方に見える街も間もなく闇に紛れ、明かりが点《とも》されるだろう。

秋田は車に乗る前、自分もスーパーで買い物がしたいので、一緒に行きたいと伝えていた。駐車場に車を停めると、三人揃ってスーパーへ向かう。

微妙に硬い面持ちである三葉に聞かれないよう、響は秋田にこっそり教えた。

「あいつ、すごい山奥に住んでたらしくて、スーパーに来るの、初めてらしいんだ」

「えっ。今時？」

そんな子がいるのかと驚き、秋田は斜め後ろにいる三葉を盗み見る。丸く大きな目を見開いてスーパーの入り口をじっと見つめている。手と足を一緒に動かして歩く姿は見るからにぎこちない。

響の話は本当のようだ。秋田は微《かす》かに眉《まゆ》を曇らせ、小声で響に尋ねる。

「山奥って、何処ですか？」

「大山の方だって言ってたが、よく分からん。あいつの兄貴がうちのおじいさん宛に寄越《よこ》した手紙も大雑把な住所しか書いてなかったし」

「大山かあ。あっちは山続きですからねえ」

人が住んでいる地域は何処も過疎化が酷《ひど》いと聞くから、自分たちが当たり前のように思っている生活環境とは違っているのだろうと話している内にスーパーの入り口に着いていた。

いつものようにカートを取ってかごを載せようとした響は、三葉が入り口の手前で立ち止まっているのに気付く。

「どうした？」

「いえっ…」

その表情から臆しているのだと分かったが、ただのスーパーだ。デパートなんかに連れて行ったらどうなるんだろう。苦笑して「行くぞ」と声をかけると、三葉は頷いて、響の後に続く。

がちがちに緊張していた三葉は、スーパーの店内に入ると、ぱあっと顔を輝かせて歓声を上げた。

「すごい！　こんなにたくさんの果物が……！　えっ、なんでりんごがあるんですか？　もうとれるんですか？」

「りんごは…確かに時期じゃないけど、年中あるよ」

「冷蔵して出荷時期を調整してるんじゃないのか」

驚いて尋ねる三葉に、秋田と響は首を傾げつつ答える。二人にとっては当たり前の光景でも、三葉の目には信じられないものとして映っているようだった。

「スイカ…バナナ…あ、これは何ですか？　マンゴーって？」

「マンゴーは…マンゴーだね」

「説明になってないぞ、秋田」

「だって」

どう説明したらいいのかと泣きつく秋田に、響は「食ってみれば分かる」と言って、マンゴーをかごに入れる。三葉は目をまん丸にして「いいんですか？」と響に確認した。

「安いものじゃないから一つだけな」

「ありがとうございます！」

お団子を揺らして頭を下げる三葉の頬は興奮で赤くなっている。果物売り場に続く野菜売り場では、三葉に好きな野菜をかごに入れるよう勧めた。料理をするのは三葉だ。

「響さん、スーパーってすごいですね！　何でもあるんですね！　ほうれん草とか…白菜とか…こんな太い葱《ねぎ》とか…冬じゃないのにどうやって作ってるんだろう…」

時季外れの野菜まで売っているのが三葉には不思議らしく、いちいち感心しながら選んだ品物をかごへ入れていく。精肉売り場でも鮮魚売り場でも同じようにしていたので、買い物に時間がかかった。店に入った時はまだ余裕があると思っていたけれど、レジにたどり着く頃には閉店時間が近づいていた。

山ほど商品を詰め込んだかごを載せたカートを押して、三人でレジの列に並ぶ。稼働台数が少なく、列は長く延びていた。響と秋田の間に立った三葉は、秋田が手に持っているかごを覗《のぞ》いて不思議そうに尋ねた。

「秋田さんはそれだけなんですか？」

自分も買い物をすると言って一緒に来た秋田も買い物かごに商品を入れていたが、数品しか入っていない。それも弁当にカップ麺《めん》、パンと牛乳というすぐに食べられるものばかりだ。

「ああ。帰ってから食べるものと…明日《あした》の朝用のパンだよ」

「えっ。それだけで足りるんですか？」

「それだけって…カップ麺もあるし、少なくはないと思うけど…。あ、三葉ちゃん。響さんとは比べないでくれよ。ラガーマンと一緒にされちゃ困る」

量的に足りるのかと心配する三葉が響と比較しているのだと気づき、秋田は慌てて説明する。長年ラグビーをやっていた響は今でも大食漢だが、普通はあんなに食べないのだと聞き、三葉は「はあ」と頷く。

「ラグビーというのをやるとよく食べるようになるのですね？」

「まあ、ラグビーがどうのっていうより響さんが特別って説もあるけど」

「俺は小食な方だぞ」

ラグビー仲間の間では。そう付け加える響を、秋田と三葉は神妙な目つきで見る。あれで小食なんて。どんな大食漢の集まりなのかと呆《あき》れる秋田に、再度かごを見た三葉は尋ねた。

「…秋田さんは一人暮らしだって仰《おっしゃ》ってましたけど、ご自分で料理はされないんですか？」

「時々するけど…一人だと面倒で、外食とか、こうやって弁当なんかを買ってすませる方が多いかな」

「そうなんですか…」

三葉が難しげな顔つきで頷いた時、レジの順番が回って来た。カートからかごを移動させ、会計を済ませる。支払いを終えるとレジのスタッフからレシートと共に抽選券を渡された。

創業二十周年祭と書いてある抽選券は、千円ごとに一枚渡されているようで、かごいっぱいの買い物をしたものだから、十枚近くの抽選券が貰《もら》えた。響は興味なさそうに見て、三葉に渡す。

「これは？」

「なんか当たるみたいだぞ」

不思議そうな三葉に適当に言い、会計が終わったかごをサッカー台へ移動させる。店内で貰える空き段ボール箱を持って来て、それに商品を詰めていく。

「三葉ちゃん、抽選券、いっぱい持ってるね」

「秋田さんも貰ったんですか？」

「俺は一枚だけ」

響の後ろに並んでいた秋田も会計した際に抽選券を貰っていた。三葉と一緒に抽選券に書かれている内容を読んで声を上げる。

「一等は……松阪《まつさか》牛三キロだって！」

「二等はお米ですよ。三十キロ！」

「三等はお買い物券…三千円。うわー何がいいかなー」

「そんなもん、当たらないだろ」

肉に米にお買い物券。どれが当たっても嬉《うれ》しいと喜ぶ秋田と三葉に、響は肩をすくめる。ちょうど荷物を詰めていたサッカー台の前にも抽選会のポスターが貼られていたが、一等は一本、三等でも十本という狭き門だ。

もっとランクを下げて…一番下の七等のキッチンペーパーが精々だろう。現実的な響の発言に、秋田は夢がないと嘆く。そんな二人のやりとりを聞いた三葉は、秋田に抽選券を自分に渡すように言った。

「三葉はいいことを起こせるんです。おまじないしますから」

「え？」

突然何を言い出すのか。不思議に思いながらも、秋田は三葉に抽選券を渡す。三葉は自分が持っていた抽選券と合わせて持ち、ぎゅっと目を瞑《つぶ》って何やらぶつぶつ唱えた。疑わしげな顔つきで見ている秋田と響をよそに、三葉は真剣だった。

「…はい。これで当たります。どうぞ！　はい、響さんのも。持っててください」

何のおまじないなんだろう。二人は首を傾げつつ、自信満々な三葉から戻された抽選券を受け取る。ありがとう…と礼を言った秋田は抽選券を財布に仕舞って、かごの商品をエコバッグに入れた。

段ボール箱を載せたカートを押す響の後に三葉と秋田が続き、駐車場に停めた軽トラへ戻る。荷台から自分のクーラーボックスとキャリーカートを下ろした秋田は「じゃ、ここで」と挨拶《あいさつ》した。

「秋田さんの家は近くなんですか？」

「ああ。そこの通りから…向こう側に入ってすぐのアパートだよ。響さん、ありがとうございました。明日は…」

「七時に拾いに行く」

「よろしくお願いします」

明朝、響と秋田は集荷場まで梅を引き取りに行くことになっている。響が迎えに行く時刻を告げると、秋田は「お疲れ様でした」と二人に告げて駐車場を歩き始めた。遠ざかっていく秋田の背中を見ながら、三葉は二人で出かける予定があるのかと尋ねた。

「ああ。一緒に集荷場まで梅を取りに行くから…あ、そうだ。明日は梅酒の仕込みをやるんだが、母さんがいないからお前も手伝ってくれ」

「え⁉」

手伝いを求められた三葉は驚いた声を上げる。「たしいた仕事じゃないから…」と安心させようとする響に、食いつき気味に礼を言う。

「ありがとうございます！　手伝わせて貰えるなんて…感激です！　お役に立てるよう、精一杯務めます！」

仕事の内容も聞いていないのに、三葉は大喜びだった。必要とされることが本気で嬉しいらしい三葉に、響は苦笑して「よろしく頼む」と返す。

「梅酒はうちの看板…って言ったら秋田が泣くだろうけど、今は梅酒の売り上げが重要なんだ。だから、母さんも梅酒の仕込みまでになんとか退院しようとしてたんだが、入荷が早くなって…梅酒って漬けたことあるか？」

「ありませんが…頑張ります！」

「そんなに張り切らなくても大丈夫だ。お前なら何でもないよ」

あれだけ料理上手な三葉なら、安心して任せられる。頼んだぞと言って、響は軽トラに乗り込んだ。

助手席に乗った三葉がシートベルトを締めるのを確認して、車を発進させる。明かりが目映《まばゆ》い街を抜け、七洞川にかかる橋を渡ると、田圃《たんぼ》の上に広がる夜空に星が光って見えた。

鵲市の南西部は昔から梅の産地として知られ、鵲梅という独自品種が栽培されている。生産量が限られる為、大半が地元で消費されるその梅を使用した梅酒を、江南酒造では長年製造している。

江南酒造の梅酒は家庭で漬けるものとは違う上等な味わいが評判で、毎年予約分だけでほとんどが売り切れる人気商品だ。その為、確実な売り上げを見込める梅酒の仕込みは、経理部長というだけでなく、江南酒造の財政全般を統括する中浦にとっては一大事である。

「えー皆さん。急なお願いにもかかわらず、今年もお手伝いに来て頂き、ありがとうございます。梅酒の仕込みは江南酒造にとって大変重要なものでありますから…」

翌朝。作業場として道具類が用意された仕込み蔵の一角では、中浦による挨拶が行われていた。塚越と高階、臨時パートとして毎年やって来る五人の主婦がその前に並んでいたが、互いの近況報告に忙しく誰も話を聞いていない。

昌子《まさこ》さん久しぶりだね元気だった？　桂子《けいこ》ちゃんは相変わらず細いねえ。淳子《あつこ》ちゃんのところ建て替えしたんだって？　結子《ゆうこ》ちゃん、上の子大学入ったんだよね、おめでとう。

延々続けられそうな姦《かしま》しい世間話に負けじと中浦は訓話を続ける。

「今年も美味《おい》しい梅酒に仕上がりますよう…」

「はい！　中浦さん！」

「何ですか、塚越さん」

「奥さんの代わりは誰がやるんですか？」

塚越が「奥さん」と呼ぶのは聡子のことだ。梅酒の仕込みは毎年聡子があれこれ仕切っていた。江南家に嫁いで以来、毎年仕込みを手伝って来た聡子には豊富な経験がある。しかし、その聡子はまだ入院中だ。

「指揮は秋田くんが執りますので…」

「一人欠ける分の増員は入らないのかって聞いてるんです」

これから運ばれて来る梅の実は、水洗いして一つずつへたを取る必要がある。手間がかかる手作業なので、毎年臨時パートを助《すけ》っ人《と》に呼んでいるくらいだ。聡子の不在で不足するマンパワーをどうやって補うのか。

「中浦さんが手伝ったりしないんですか？」

「僕は大変不器用ですから…」

作業に加わることは出来ないと首を振る中浦に、塚越が猫の手くらいにはなると反論しかけた時だ。「遅くなりましてすみません！」と詫《わ》びる声が響く。母屋の方から駆けて来る三葉を見て、中浦は「なので」と続けた。

「三葉さんに助っ人を頼みました」

「頑張りますのでよろしくお願いします！」

深々とお辞儀する三葉は昨日と同じ着物姿だった。三葉と初めて会うパート主婦軍団はその小ささと着物に驚き、「可愛いわね」「どこの子？」「中学生？」「小さい」「着物なんて」と口々に話しかける。

ぺこぺこ頭を下げて挨拶している三葉を見ながら、中浦は塚越に指導を頼んだ。

「三葉さんは料理上手で、家事も達者にこなすので、僕より役に立つと思います。梅酒の仕込みは初めてだそうですから、教えてあげて下さい」

「分かったけど…」

頷《うなず》きながら、塚越は三葉をじっと見つめる。その視線に気付いた三葉が塚越を見ると、無言で顎《あご》をくいと動かした。

着いて来いという意味であるのに三葉は気付かずきょとんとする。高階がすかさず、一緒に行くよう三葉の背中を押す。

事務所へ向かう塚越を慌てて追いかけた三葉は、その後に続いて社員用の更衣室へ入った。

「あの、何でしょう？」

「それしか着るもん持ってないって言っても、仕事するのに不便すぎだろ」

塚越が「それ」と指す自分の着物を見返した三葉は「大丈夫です」と答えた。

「袖《そで》が邪魔にならないよう、たすき掛けしますし…その為に紐《ひも》も」

「バカ」

説明しかけた三葉は乱暴に遮られて言葉を失う。塚越は自分のロッカーを開けて中を探り、三葉にビニル袋を投げて渡した。

「ほら。それに着替えな」

「…何ですか？」

「ジャージ。貸してやる」

ジャージと言われても三葉はぴんと来ないようで、不思議そうな顔で袋の中を覗《のぞ》き込む。塚越は皆を待たせちゃいけないから早くしろと急《せ》かした。

梅が到着次第、作業に入ると三葉も聞いていた。迷惑はかけられない。戸惑いはさておいて帯に手をかける。素直に脱ぎ始めた三葉を見ながら、塚越は質問した。

「その下って何着てるんだ？」

「下って…肌着ですけど」

半幅帯を解《ほど》いて絣《かすり》の着物を脱ぐと、三葉は肌襦袢《はだじゅばん》一枚という格好になる。着物を着た経験のない塚越にはそれが最終形態だとは分からず、更に脱ぐように要求した。

「えっ？　でも…っ…裸になって…しまいます…」

「マジで？…参ったな。その上からジャージ着たらもこもこだし…。仕方ねえな」

裸の上にジャージを着せるわけにはいかない。塚越は再度ロッカーを漁《あさ》り、着替え用に置いてあったカップ付きインナーを三葉に放り投げ、着るように指示した。

「あたしのだからデカイかもしれないけど、何とかなるだろ」

塚越は外で待っているので早く着替えろと言い残し、更衣室を出た。同じ女性であってもまだ何度か顔を合わせただけの相手に裸を見られるのは抵抗があるだろう。そう考えて、更衣室の外で待つこと五分。ようやくドアが開く。

「おっそいな！　着替えたか？」

「は、はい！…これでいいですか？」

苛《いら》ついた声を上げる塚越に、三葉は恐縮しつつ確認する。塚越は細いが身長は百六十五センチを超えるので女性のLサイズを着ている。対して、百五十センチに満たない三葉はSサイズで、小豆《あずき》色のジャージは明らかにぶかぶかだった。袖と裾《すそ》を幾重にも折り曲げている。

「まあ…それでも着物よりはマシだろ」

「はい！　とても動きやすいですね。この…じゃーじというのは」

「中学の体育で使ってたやつだよ。学校で着ただろ？」

「いえ…」

「ジャージない中学とかあんのか？　マジか」

驚きつつも、三葉がかなりの貧乏育ちだと聞いている塚越はそれ以上突っ込まなかった。

「行こうか」と声をかけ、三葉と一緒に事務所を出る。

「あの、塚越さん」

「楓でいいよ」

「楓さん。…ありがとうございます」

隣を見ると、満面の笑みを浮かべた三葉が見上げていた。塚越は一瞬動きを止めた後、にやりと笑う。その分働いて貰《もら》うからな。塚越の要求に三葉は小さな身体いっぱいにやる気を漲《みなぎ》らせて「任せて下さい」と返事した。

塚越と三葉が仕込み蔵へ戻ると、梅を引き取りに行っていた響と秋田が戻って来ていた。中庭に借り物の四トントラックが停められ、秋田がフォークリフトで荷下ろしをしている。荷台から下ろされた薄い黄色の巨大なカゴには青い梅の実が山と入っていた。

それをめいめいが自分の樽《たる》に分けいれ、水で洗う。水は日本酒の仕込みにも使われる大山の伏流水だ。

「三葉。教えてやるからあたしの隣に来いよ」

「はい！」

塚越に呼ばれた三葉は梅の実をいっぱいに詰めた樽をひょいと持ち上げて移動する。身体の小ささに似合わない怪力に驚きつつ、塚越は三葉の樽にホースを突っ込んだ。しばらくすると水が溢《あふ》れ梅が零《こぼ》れそうになる。

「こんなに入れると洗いにくいだろ？　今度は半分くらいにしろよ」

「はい」

「…これを丁寧に洗って…ここのへたを竹串《ぐし》で取るんだ。実を傷つけないように気をつけて」

実際にやってみせる塚越の手元をじっと見つめていた三葉は、すぐに真似してみせる。こうですか？　と聞かれた塚越は「上出来」と返して、出来た梅はざるに入れるよう指示する。

「水が冷たかったら手袋していいぞ」

「大丈夫です」

全然平気です…と言い、三葉は作業を続ける。パートで来ている五人の内の三人と、塚越、三葉はへた取りを行い、残りの二人と高階、秋田、響で、へたを取り終わった梅を並べて水分を取り、漬け込みの準備をするという分業態勢が取られていた。

「聡子ちゃんのお見舞い行ったら、来週には退院出来るから梅に間に合いそうって言ったけど、残念だったねえ」

「去年も早かったでしょう。温暖化なのかねえ。こういうのも」

「今年は台風どうかね。長雨になってもかなわんけどね」

車座になってへたを取りながら、パートの孝子と昌子と淳子が世間話に花を咲かせる横で、塚越と三葉は黙々と作業する。元々、塚越はおしゃべりな方じゃないし、三葉は初めての作業を失敗しないようにこなすので必死だった。

自分の樽が空になると、新たな梅を足しに向かう。ついでに孝子たちの樽にも梅を追加して回り、ざるに溜《た》まった梅を中庭へ運ぶ。くるくると立ち働く三葉はいつもにこにこしているのもあって、あっという間に人気者になった。

「助かるわあ、三葉ちゃん。重いものを運んで貰えて」

「本当にいい子だねえ。こんな子が遠縁におったなんて、知らなんだ。聡子ちゃんも退院してから心強いよね」

「本当に。あんなことがあって…響くんが戻って来てくれても、大変なのはかわりないだろうから…。病気もねえ」

そのストレスだったんじゃないかと心配そうに孝子たちは頷き合う。話の内容が分からない三葉が不思議そうな顔をしているのを見て、塚越は憶測でものを言うもんじゃないですよとストレートに注意した。

誰に対しても物怖《ものお》じしない塚越は、態度も口調もきつい。だが、孝子たちはそんな塚越にすっかり慣れているし、母親どころか祖母くらいの年齢でもあるから、全く気にしなかった。

「なんで？　楓ちゃん。本当のことだよ。誰に聞いても聡子ちゃんの病気はストレスが原因だって言うだろうよ」

「忠直さんだけじゃなくて、紀生《のりお》さんまで亡くなって…商売は傾いて、その上、お兄ちゃんがいなくなったんだよ」

「あのきつい姑《しゅうとめ》さんが亡くなった時はほっとしただろうけどねえ。その後が……」

いけなかった……と話す孝子たちの表情は曇っている。三人とも塚越よりずっと長く江南酒造での手伝いを続けていて、事情にも詳しい。塚越は何も言えず、空にした樽を持って立ち上がる。

「お前のも入れて来てやるよ」

三葉の梅が少なくなっているのを見て、塚越は早く空にしろと言う。三葉は孝子たちの梅も少なくなっているので、自分も一緒に取りに行くと返し、皆の梅を集めて空にした樽を両手に持ち、塚越に続いた。

カゴから梅を移す塚越の横顔は硬いものだった。不機嫌そうにも見える。それでも三葉は構わず、ずっと気になっていた疑問を口にした。

「あの、楓さん。今のご当主様は誰なんですか？」

響に聞いた時は違うと否定された。さっきの話では二人が亡くなり、一人はいなくなったようなのだが。

いなくなった「お兄ちゃん」というのは。

「……後でな」

三葉をちらりと見た塚越は小声で答える。その理由はすぐに分かった。

「そんなに入れたら重いぞ」

「……！」

ふいに響の声が聞こえ、振り返ると真後ろに立っていて、三葉は息を呑《の》む。驚かせてしまったかと詫びる響に首を振り、大丈夫ですと返した。

「これくらい…」

「何言ってんだ。無理するなって言ってるだろ。持って行ってやるから、お前らは詰めろ」

遠慮する三葉の手から響はひょいと樽を取り上げる。それを両手で持ち、孝子たちの元へ運ぶ。孝子たちに声をかけて労《ねぎら》う様子は、「当主」のようであるのに、そうではないという理由が三葉には思いつかなかった。

江南酒造の梅酒造りは大体三日に分けて行われる。梅の採れる量や天候にも左右されるが、今年は共に恵まれているので、順調に終わりそうだった。

一日目の作業が終わり、孝子たちが帰って行くと、塚越は響に三葉を買い物に連れて行ってもいいかと聞いた。

「買い物？　スーパーは昨日、行ったぞ」

「違いますよ。『はまむら』で服買いたいんです。今日はあたしのジャージ着せましたけど、三葉にはぶかぶかなんで」

衣料品量販店で三葉に合うサイズのものを買いたいと言う塚越に、響は大きく頷《うなず》く。

「楓のジャージだったのか！　着物しか持ってないって言ってたのに、どうしたんだろうと思ってた」

秋田と高階と共にカゴを洗っていた響は、塚越の隣にいる三葉を見てなるほどと納得する。三葉は折り曲げても垂れて来る袖《そで》をたくし上げながら、ジャージを借りることになった経緯を話した。

「着物でも慣れているので大丈夫だって言ったんですが、楓さんが動きにくいからと仰《おっしゃ》って貸してくれたんです」

「何言ってんだ。あのままやってたら水浸しになってたたって」

梅を洗う水仕事に着物は絶対向いていない。そう断言する塚越に響も同意し、よろしく頼むと告げた。お金は自分が出すからと言う響に、塚越はもちろん請求すると返す。

「行こう。三葉」

「は…い。あの…響さんは一緒に行かないんですか？」

「響さんを『はまむら』に連れて行けるわけないだろ」

「楓に格好いいやつ選んで貰えよ」

にっと笑って送り出す響に深く頭を下げ、三葉はさっさと歩いて行く塚越を追いかける。

ジャージを着替えた方がいいのではないかと聞く三葉を、塚越は振り返らないまま、目立つからやめろと言った。

「あの着物で『はまむら』行ったら目立ってしょうがない」

「そうなんですか？　ところで、楓さん。『はまむら』というのは？」

何かと聞く三葉に行けば分かると返し、中庭から敷地の外へ出る。江南酒造の前を通る道沿いに長く続く漆喰《しっくい》壁を横目に真っ直ぐ歩いて行くと、二十台ほどの車が停められる駐車場がある。かつては大勢いた従業員や出入りの業者の為に設けられたもので、車で通勤している塚越もそこに車を停めていた。

黒いトールタイプの軽自動車はぴかぴかで、響が乗っている軽トラとは全然違った。塚越はリモコンでロックを解除し、三葉に乗るよう勧める。

恐る恐る助手席のドアを開けた三葉は、「おお」と声を上げた。

「なんだか…素敵ですね！」

「そうか？」

座席にはキャラクター柄のカバーがかけられ、ふわふわの白いシートクッションが敷いてある。ハンドルにもお揃いのカバーがかかり、足下のマットもキラキラしている。

すごいすごいと褒め続ける三葉に、塚越は照れた様子で「シートベルト締めろよ」とぶっきらぼうに告げた。

「同じ車でも全然違います」

「あたしの愛車と響さんの軽トラを一緒にすんな」

不本意そうに眉《まゆ》を顰《ひそ》め、塚越はエンジンをかける。途端に爆音で音楽が鳴り始め、三葉は目を丸くした。「悪い」と詫《わ》びて、ボリュームを絞ってから、車を発進させる。

「すごい！　楓さんの車は音楽が鳴るんですね！」

「大抵の車は鳴るよ。あの軽トラは分からないけど」

目をキラキラさせている三葉の家には車がなかったらしいと聞いた。二十二だというのに、車一つでこんなに興奮出来るのもすごいなと思いつつ、塚越はアクセルを踏み込む。

主婦でもある孝子たちの都合を考え、五時前には作業を終えていたから、まだ明るい。夕暮れの気配が混じりかけている空の下に見える街へ向かいながら、塚越は三葉に後でと約束した話を始めた。

「…孝子さんたちが話してた…いなくなった『お兄ちゃん』が社長だったんだよ」

窓から外を眺めていた三葉は塚越を見る。社長というのは当主のことかと聞くと、塚越は頷いた。

「あたしがあそこで働き始めたのは五年前で、その頃、社長は響さんのお兄さんだった。忠直ってのがじいさんで、その人が死んだ後、響さんたち兄弟の父親が…紀生って人らしいんだけど…跡を継いだんだけど、急に死んじゃって、お兄さんが社長になった。あたしは元々居酒屋で働いてて…色々あって転職したんだ」

当時、江南酒造は業務を拡大していて、新たに従業員を募集していた。塚越は居酒屋で酒を扱う内に日本酒に興味を持ち、働いてみたくなったのだと言う。

「居酒屋はバイトだったし、ちゃんと勤めたいとも思ってたしね。正社で雇って貰《もら》って…先代の杜氏《とうじ》さんや秋田さんに色々教えて貰ってた。でも、…あたしはバカだから難しいことはよく分からないんだけど、経営破綻《はたん》っていうのかな。分かる？」

「分かりません」

「だよな。…とにかく、三年前だ。ある日突然、社長がいなくなっちゃったんだよ」

塚越の目にはうまくいっているように見えていた。駅前に日本酒バルをオープンさせたり、温泉街に食べ歩きが出来る甘酒ソフトクリームを出すカフェを出したり…逆に景気がいいんじゃないかと思えた。

しかし、実際は全部が赤字で「債務超過」に陥ったのだという。

「さいむちょうか……」

「違ったかな。さいむ…なんとかだ。とにかく」

大変なことになったらしいというのは分かった。たくさんの人が出入りし、駅前や温泉街などに保有していた不動産が売却され、ほとんどの人間が辞めた。その上、高齢だった杜氏が病気で倒れ、退職して療養生活に入らざるを得なくなった。

「残ったのは秋田さんとあたしと、入社したばかりの高階と…奥さんで、途方に暮れていたところへ響さんが帰って来た」

「響さんは違うところにいたんですか？」

「響さんはラグビーをやってて…高校から寮生活してて、大学を出た後は東京で働いてたんだ」

響がラグビーをやっていたというのは三葉も聞いている。だから、怪我の手当てが上手で、たくさん食べて、力持ちなのだ。なるほど…と頷き、「中浦さんは？」と聞く。残った社員の中に中浦の名前は出て来ていなかった。

「中浦さんは元々銀行に勤めてて、江南酒造を立て直す為に来たらしい」

「そうなんですか」

立て直すという意味はよく分からないまま、三葉は神妙に相槌《あいづち》を打った。

塚越の話を聞いている内に、車は七洞川を渡って市街地に入っていた。信号が青になったのを見て、塚越がアクセルを踏む。一気に加速してから、間もなくして左手に見えて来た駐車場へ車を乗り入れた。

県道沿いの広い駐車場を囲むように、コの字形にテナントが並んでいる。DIYストア、靴屋、携帯ショップ、幾つかの外食チェーン店と共に、衣料品量販店の「はまむら」もある。

塚越は「はまむら」の真ん前に車を停めた。三葉と共に車を降り、店へ入る。

「楓さんはよく来るんですか？」

「週一ではまパトしてる」

「はまパト？」

「はまむらパトロールの略だよ」

お値打ちだったり可愛かったりする商品が入荷していないか、週に一度はチェックしに来ているという説明に、三葉は「はあ」としか返せなかった。

塚越は自分の家を案内するみたいに慣れた様子で、三葉をジャージ売り場へ連れて行った。

「…さてと。三葉はSサイズだよな。キッズでもいけそうだけど」

ふんふんと鼻歌交じりでジャージを選ぶ塚越の横で、三葉は洋服で溢《あふ》れた店内を見回していた。どういう店なのかよく分かっていなかったけれど、これは…。

スーパーとは違った意味でキラキラしている。あっちを見てもこっちを見ても洋服だらけだ。口を開けたまま店の中をきょろきょろ見回す三葉に、塚越は見繕ったジャージを「これ」と差し出した。

「ちょっと着てみろよ」

「はい！　着替えればいいんですね」

「違う。ここでじゃない！」

その場でジャージを脱ごうとする三葉を止め、塚越は試着室へ連れて行く。三葉を中へ放り込み、試着する三着分のハンガーを壁面のフックにかけた。

着替えたら言えよ…と声をかけ、カーテンを閉める。三葉は色違いというだけで、同じに見えるジャージに戸惑いつつも、ぶかぶかの塚越のジャージを脱いで用意されたものに着替えた。

黒いジャージ、赤いジャージ、白いジャージ。キャラクターがついていたり、ラインが入っていたりするが、形は大体一緒だ。サイズも三葉に合わせて選んだので合っている。

塚越は三葉の着替えが終わる度にその姿をスマホで撮影した。三パターンを見比べ、やっぱり黒か赤だなと呟《つぶや》く。

「白も可愛いけど汚れるしな。三葉はどっちがいい？」

「ええと…」

どちらがいいかなんて決められない。たとえジャージであっても、新しい洋服を次々着た経験など、三葉にはなかった。どれも着心地抜群で、素敵だ。悩んで決められない三葉にせっかちな塚越が「よし」と切り出す。

「あたしが代わりに決めてやる。うーん…、可愛いから赤！」

決定。三葉に代わって購入するジャージを決めた塚越は、残りは元の場所へ戻しておくように三葉に指示して、レジへ向かった。

　ぶかぶかのジャージをもう一度着た三葉は、塚越に言われた通りジャージを商品ラックに戻して、迷路のような店内を迷いながら出口を目指す。

「三葉！」

　洋服のラックの陰から飛び出した三葉は、出入り口の前に塚越が立っているのを見つけてほっとした。塚越は既に会計を済ませて商品の入った袋を手にしていた。

　塚越に促されて店外へ出ると、「はまむら」のロゴが入った袋を渡される。

「ほら。さっきのジャージと…お前が試着してる間に選んでおいた下着が入ってるから。明日《あした》はこれ、着ろよ」

「ありがとうございます…！…でも、このお金は…塚越さんが出したんですよね？」

「大丈夫だって。響さんからちゃんと貰うから」

　支払いを心配する三葉に気にしなくていいと言い、送るから車に乗れと促す。二人は再び、車に乗り込み、「はまむら」をあとにした。駐車場を出て県道を東へ進む。市街地を抜けて七洞川を渡ると、田圃《たんぼ》が山裾《やますそ》までつながる光景が目前に広がっている。

　江南酒造に着いたら、塚越は帰ってしまう。その前に気になっていることを聞こうと思い、三葉は「楓さん」と運転席に呼びかけた。

「響さんのお兄さんは…何処《どこ》にいるんですか？」

「さあなあ…」

知らない。呟くような一言はとても寂しげで、それ以上聞けなくなる。三葉はしばらく黙っていたが、もう一度口を開いた。

「どんな…人でしたか？」

楓さんの目から見て。響の兄だからやっぱり大きいのだろうか。そんな想像をする三葉に、塚越は全然似ていないと答えた。

「あたしはほとんど話したことなかったんだけど…社長は賢そうで雲の上の人って感じだった。響さんに会った時、驚いたもん。余りに違い過ぎて」

「そうなんですか…」

「でも、それがかえってよかった。社長に似た感じの人だったら、あたしは働き続けてたかどうか分からない。響さんだったから…今もいるんだと思う。秋田さんは酒造りに命賭《か》けてる人だから分かんないけど、高階も同じだと思う」

響さんだから。いなくなった兄というのがどういう人だったのかは分からなくても、その言葉は納得出来た。まだ知り合って間もないけれど、響と塚越たちの間に確かな信頼関係があるのを三葉も感じていた。

「とは言っても、実際、響さんが役に立つことって力仕事くらいしかないんだけどね」

ははは…と笑って、塚越はアクセルを踏み込む。ぐいーんと加速する車から見える江南酒造の建物がどんどん大きくなって来る。後方から受ける夕日が青く茂る夏の山を黒く染め始めていた。

中庭への出入り口前に塚越が車を停めると、三葉は改めて世話になった礼を厚く伝えた。梅酒の仕込みは明日も行われる。買って貰ったジャージを早速着ると約束して、「はまむら」の袋を握りしめて車を降りる。

去って行く塚越の車を見送り、中へ入ると、仕込み蔵の作業場はきちんと片付けられていて人気はなかった。秋田たちはもう帰ったのか。響は母屋へ戻ったのか。

急いで夕食の支度をしなきゃいけない。小走りで母屋へ向かおうとすると、「三葉！」と呼ぶ声が聞こえる。

「はい！」

何処から…と見回せば、商品を保管している貯蔵蔵の方から響が手を振っていた。方向転換して中庭を横切り、貯蔵蔵へ駆けつけると、秋田の姿も見える。

二人は半分ほど開けた蔵のシャッター前にアウトドア用の椅子を並べて座り、その間に出荷用のケースを逆さにして置いていた。テーブル代わりのケース上には酒瓶とおちょこがある。

更に使い込まれた丸い七輪があって、赤く熾《おこ》っている炭で焼いているのはイカのようだった。

「買えたか？　塚越は？」

「はい。楓さんは帰られました。響さんにこれを…渡すようにと」

三葉がおずおず差し出すレシートを受け取り、響は明日塚越に金を返しておくと言う。申し訳なさそうに頭を下げる三葉を気遣わせないよう、「そんなことより」と話題を変える。

「イカ、好きか？」

「イカ…？」

「そろそろ焼けるから三葉ちゃんも食べなよ」

網の上で焼いているイカを珍しそうに見る三葉に、トングを持った秋田も勧める。にゅうと踊るように身をくねらせているイカからは香ばしい匂いが漂い、食欲をそそった。

「いいんですか？」

「もちろん」

嬉《うれ》しそうな三葉に頷《うなず》き、秋田は自分の椅子に座るよう、勧める。響はそんな秋田に自分の椅子を譲り、別の椅子を持って来た。作業の片付けが終わった後、秋田と一杯飲もうという話になり、そのつまみに七輪でイカを焼き始めたのだという。

「鳥取にいる後輩が送ってくれた一夜干しなんだ」

「七輪で焼くと美味《うま》いんだ、これが」

「匂いだけで美味《おい》しそうだって分かります」

うんうん…と頷き、三葉はテーブル代わりのケースに置かれた酒瓶を見る。これが江南酒造のお酒なのかと尋ねた三葉に、響が頷いて聞き返す。

「ところで、お前って酒は飲めるのか？」

子供のように見えても三葉は二十二歳だというから、飲酒しても問題はないだろうが、飲めるのかどうかは分からない。確認する響に、三葉は大きく頷いた。

「はい。お酒は大好きです！」

「えっ、三葉ちゃん、日本酒飲めるの？」

「もちろんです。三葉の村ではお酒と言えば日本酒で…でも、貴重なものですからお祭りとか行事のある時しか飲めないのです。なので、それが楽しみで…」

「貴重って…売るほどあるんだから、遠慮なく飲めよ」

三葉の実家は貧乏らしいと気づいてはいたが、酒も自由に買えないほどだとは。響は悲しい気分になりつつ、三葉におちょこを差し出す。鵲瑞《じゃくずい》の名前が入った蛇の目のおちょこを受け取った三葉は、申し訳なさそうに響から杯を貰《もら》った。

「本当にいいんですか？…ありがとうございます」

目をきらきらさせて、三葉は四合瓶から直接注がれた酒を口にする。一口含んだ途端、大きな目を更に見開き、ぴょんと小さく跳ねた。

「…美味しい…美味しいですね！　このお酒。お酒って最初に飲んだ時、ちょっときついような感じがしますけど、それがないです。口の中にまろやかさが広がるっていうか…」

お世辞やお愛想などではなく、表情だけで三葉が本気で言っているのが分かる。秋田はその顔を見て、イカをひっくり返していたトングを響に渡し、奥の貯蔵蔵の中へ駆け入って行く。すぐに戻って来た秋田の両手には、違う酒瓶が握られていた。

「三葉ちゃん、これも飲んでみて！」

「えっ」

秋田が貯蔵蔵から持って来たのは、今さっき、響が三葉のおちょこに注いだのとは別の種類の酒だった。響は秋田に代わってイカをひっくり返しながら、苦笑して説明する。

「秋田は自分の酒を飲んで欲しくてしょうがないんだよ。付き合ってやってくれ」

「あ…そういえば…これは秋田さんが…？」

お酒と聞いただけで喜んで飲んだけれど、ここは酒蔵。杜氏《とうじ》である秋田が醸した酒なのだ。その事実をすっかり忘れていた三葉が確認すると、秋田は真面目な顔で頷く。

「今、三葉ちゃんが飲んだのは純米酒なんだけど」

「純米…？」

「日本酒は吟醸酒と純米酒と本醸造酒って種類が分かれてんだよ」

「特定名称酒って言ってね。規定があって、純米酒、特別純米酒、純米吟醸酒、純米大吟醸酒、吟醸酒、大吟醸酒、本醸造酒、特別本醸造酒の八つがあるんだ。特定名称酒には入らない日本酒は普通酒ってざっくり呼ばれてたりする」

「はあ…」

響が口にした三つまでは覚えられそうだったが、秋田が続けた種類はたくさんありすぎて呪文《じゅもん》のように聞こえた。ぽかんとしている三葉に、響がこっそり「安心しろ」と打ち明ける。

「俺も全部覚えてない」

「えっ。あんなに説明したのに？」

響の告白を聞いた秋田はショックを受けたようだったが、くじけずに基本は精米の歩合だから、覚えるのは簡単だよと三葉に向けて説明する。

「日本酒を造る時、最初に米を精米するんだけど、六十パーセント以下まで削るのが吟醸で、五十パーセント以下が大吟醸。純米酒は基本的に精米歩合に関する決まりはないんだ。さっき、三葉ちゃんが飲んだのは純米酒で精米歩合は七十パーセントのものだよ」

「吟醸と大吟醸はいっぱいお米を削るんですね？　でも削ってしまったら…お米が少なくなってしまうのでは？」

「雑味を少なくする為に削って、いいところだけをたくさん使うんだよ。だから、吟醸酒も大吟醸酒も贅沢《ぜいたく》なお酒なんだ」

「確かに…削った分だけたくさんお米を使うのなら贅沢ですね。あとの一つは…」

吟醸酒と純米酒と本醸造酒の三つに大別されていると響は言っていた。もう一つの本醸造酒はどういう違いがあるのかと聞く三葉に、秋田は説明を続ける。

「本醸造酒っていうのは、精米歩合は七十パーセント以下で醸造アルコールを添加するんだ」

「お酒にアルコールを加えるんですか？　お酒なのに？」

「アル添は江戸時代に防腐効果を期待して始められたって言われてて、戦後に米が不足してた時期には、少ない原料で多くの酒を造るために醸造アルコールを加える三倍増醸清酒っていうお酒が造られたりしてたんだ。それはもう造られてないんだけど、醸造アルコールを加えると香味を調整出来たりするから、今も加えたりしてるんだよ」

「秋田さんは物知りですねえ」

感心する三葉に照れ笑いを返し、秋田は新たに持って来た酒瓶を見せて「これは純米吟醸だよ」と教える。別のおちょこに注いだ酒を渡すと、三葉は有り難そうに受け取って、しずしずと口にした。

「…あ」

「さっきのよりも…こっちの方がするっとしてます。それに…匂いがいいです。味は…さっきの方が濃いような気がします」

考えながら訥々《とつとつ》と感想を口にする三葉を、秋田は目を見開いたまま凝視していた。無言で食い入るように見つめる秋田の迫力に怯《おび》え、三葉は響に助けを求める。何か悪いことを言ってしまっただろうかと小声で聞く三葉に、響は「逆だ」と返した。

その響の言葉に、秋田は大きく頷く。

「俺は嬉しいんだ、三葉ちゃん。うちの皆はなんでも『美味い』しか言ってくれないからさ」

「美味いもんは美味いって言うしかないだろう？」

「俺はどう美味いかが知りたいんですよ。じゃ、三葉ちゃん。このお酒は？」

秋田は更に別の酒をおちょこに注いで三葉に渡す。三杯目の酒を飲んだ三葉は、さっきとは違い、微《かす》かに首を傾げた。

「…なんか…味が違います。美味しいんですけど…さっきの二つとは全然違う感じが…」

「どう違う？」

「…すごく…綺麗《きれい》な味がします。ぱっと美味しさが弾《はじ》けるような…」

「なるほど」

「これも吟醸酒なんですか？」

尋ねる三葉に、秋田は首を横に振って、純米酒なのだと答える。更に。

「実はうちで造った酒じゃないんだ。昨日、先輩のところから貰って来た酒なんだよ」

「そうなんですか。だから味が違うんですね？」

「すごいよ、三葉ちゃん。響さんたちに飲ませても美味いって言うだけで誰も気づかないよ」

「そんなことないぞ。飲ませろよ」

失礼だなと言い、響は秋田に自分にも注ぐように命じる。秋田が渡したおちょこの酒をくいと一口で飲んだ響は、「美味いな」と言った後、さすがだと褒めた。秋田の先輩が福島で醸している酒は評判で、「幻の」なんて形容詞がつくくらいなのだ。秋田はそれにあやかりたいと教えを請うている。

「人気のある酒って感じがするよな。いくらでもいけそうな美味さだ」

「人気なんですか？」

「ああ。だって、美味しいだろ？」

確かに。三葉は頷いた後、秋田に最初に飲んだお酒をもう一度飲ませて欲しいと頼んだ。秋田がいそいそお酌した酒を飲み、三葉はにっこり笑う。

「三葉はこれが一番好きです。ほっとする味がします」

「三葉ちゃん……！」

「ほっとする味か」

感動する秋田の横で、響は三葉が言った言葉を繰り返して笑みを浮かべる。いいこと言うな。なるほどと納得して三葉を褒め、焼き色がついた一夜干しのイカをトングでつまみ上げて秋田に聞いた。

「そろそろいいよな？」

「そうですね。切りましょうか」

「はさみは…」

トングと一緒に用意したと思っていたキッチンばさみを探すがなくて、秋田が貯蔵蔵の中へ探しに行く。響はイカが焦げないように網の端っこへ寄せて、三葉に遠慮なく手酌で飲めよと勧めた。

「ありがとうございます」

三葉は嬉しそうに笑みを浮かべ、もう一度飲み比べてみると言い、三つのおちょこにそれぞれの酒を注ぐ。少しずつ飲んでは「ふんふん」と小さく鼻息を漏らして考えている三葉を、響は苦笑して見ながら、自分のおちょこにも注いでくれと頼んだ。

「どれにしますか？」

「どれでもいい。俺には全部美味いからな」

「それは確かです。…この先輩のお酒は人気だと仰《おっしゃ》ってましたが、秋田さんのお酒も人気なんですよね？」

「いや」

残念ながらそれはない。微かに眉《まゆ》をひそめて首を横に振る響に、三葉は「どうして」と聞く。

「こんなに美味《おい》しいのに？　どっちがって決められませんけど、同じくらい美味しいですよ？」

「だよなあ」

変わらずに美味しいのに人気がないのを不思議がる三葉に、響はその理由を説明出来なかった。響が困っているのは三葉にも感じられて、それ以上聞けなくなる。そこへ秋田がキッチンばさみとまたしても違う酒瓶を持って戻って来た。

「お待たせ！　三葉ちゃん、梅酒も飲む？」

「梅酒って…今日仕込んだやつですか？」

「いやいや。今日のはさすがに。去年仕込んだやつだよ」

秋田はキッチンばさみを響に渡し、梅酒と一緒に持って来たガラスの酒器を三葉に渡す。秋田が手にしている四合瓶は、日本酒とは違う透明のガラス瓶で、琥珀《こはく》色の液体が入っていた。

「これが去年漬けて、五月に出荷したやつなんだけど…」

「じゃ、今日のが出来るのは来年？」

「そうそう。何年か寝かせたりする場合もあるんだけど、うちは基本、一年で出荷するからね」

どうぞ…と言って、秋田は三葉に梅酒を勧める。日本酒よりもとろりとして、梅酒ならではの香りもある。珍しそうに見る三葉に、初めて飲むのかと聞く。

「はい。日本酒はありましたけど」

「そうなんだ。梅酒って家で漬けることが多いから、逆の方がよく聞くんだけど」

「家でも作れるんですか？」

「ああ。家庭の場合、梅と氷砂糖とホワイトリカーかな」

「ホワイトリカー…というのは？」

「焼酎だよ。酒税法っていう法律があって、一般の家庭では二十度以上の酒でしか漬けちゃ駄目って決まってるんだ」

「どうしてですか？」

「度数が低いと発酵してお酒が出来ちゃう場合があるからね。お酒を造るのには免許が必要で、一般の人は造れないんだ。元々度数の高いお酒ならそれ以上発酵しないから」

決まりを守れば、梅だけでなく、他の果物などでも作れると聞き、三葉は興味深げに頷《うなず》く。それから秋田が差し出した梅酒を一口含んだ。

「…あ、いい匂いがします。梅の花の匂いみたいな甘い…味も甘くて…ちょっと酸っぱさもどこかにあって…とろりとしてますね。美味しいです」

「そうか」

よかった…と秋田は満面の笑みを浮かべる。

「うちの梅酒は昔からファンが多くて、毎年、すぐに売り切れちゃうんだよ。粕取《かすと》り焼酎っていう、酒粕で造った焼酎で仕込む酒蔵さんもあるけど、うちは度数の高い日本酒の原酒で作ってるんだ。まろやかな味だって人気でさ。…ほんと、日本酒も梅酒くらい売れてくれたらなあって思うよ」

「…響さんにも聞きましたが、秋田さんの日本酒はどうして人気がないんですか？」

ストレートな三葉の質問は、秋田の心にぐさりと刺さる。悲しげな表情になる秋田を見て、三葉は慌てて謝ると共に、自分には分からないのだと付け加えた。

「ごめんなさい！でも…人気があるっていう先輩のお酒と同じくらい美味しいのに…どうしてって…思ってしまって」

「うん。ありがとう、ありがとう、三葉ちゃん。売れるように頑張るよ」

「ほら。イカ、切れたから食え」

色々あって難しいのだと泣きべそをかいている秋田に、響は切ったイカを紙皿に載せて勧める。三葉にも同じものを差し出し、横に添えてあるマヨネーズをつけて食べるように言った。

「イカにマヨネーズなんですか？…これ、マヨネーズだけじゃないですよね？」

「ああ。マヨネーズに醤油《しょうゆ》を少し垂らして七味をかけてある」

この食べ方が一番美味《うま》いと響は断言する。キッチンばさみで細く切られたイカを、三葉は手で持って七味醤油マヨネーズを少しつけて食べる。

生ではなく一夜干しされたイカは、歯ごたえはあるが、柔らかく、すっと噛《か》み切れた。香ばしく甘みもあって、醤油の塩気とマヨネーズのこっくりとした味に七味がアクセントになっていて、口の中が幸福に包まれる。

「…おいひい…！」

飲み込むまで待てず、三葉はもぐもぐしながら感動する。落ち込んだ顔つきだった秋田も、イカの美味さですっかり立ち直っていた。

「やっぱ、岩見《いわみ》の一夜干しは美味いですよねえ…。七輪で炙《あぶ》るとこれがまた…ふっくらしてマジで美味いです」

「いくらでも酒が飲めるよな」

イカを囓《かじ》った響は、にやりと笑って、おちょこを空にする。三葉はそれにうんうんと頷き、自らもおちょこを手にした。くいと日本酒を飲み干せば、口内でイカの美味さが倍増する。

「ふう～美味しい～！」

イカ、日本酒、イカ、日本酒。三人で美味い美味いと堪能《たんのう》しているうちにイカはあっという間になくなってしまう。二枚目を焼こうとする響をかろうじて秋田がとめた。明日《あした》も梅酒の仕込みがあるのだから…というもっともな意見に頷き、七輪の火を消して小さな飲み会をお開きにした。

帰って行く秋田を見送り、三葉と響は母屋へ戻った。昼間はずっと梅酒の仕込みを手伝っていたので、家事が全く出来ていなかった三葉は、少し夕飯を待って欲しいと響に頼む。

「今から作る気か？」

「響さん、イカだけじゃ足りないでしょう？」

「そりゃそうだが…飯さえあれば」

そう言って、響は手際よく米を炊く準備を始める。三葉には自分が食事を担当するので、他のことをやって来ていいぞと伝えた。三葉は申し訳なさそうにしながらも、干したままだった洗濯物を取り込みに走って行った。

縁側から外に出て、すっかり暗くなっている庭で洗濯物を取り入れる。それを畳んでから、風呂《ふろ》場へ向かった。風呂掃除は済ませてあったので、浴槽にお湯を張るようにセットして、台所へ戻る。

「すみません、響さん……」

小走りで入って来た三葉を振り返り、響はもうすぐ出来るから座ってろと言う。とんでもないと首を振り、自分がやると申し出たが、既にフライパンからは食欲をそそる匂いが立ち上っていた。

「昨日、買い物行ったばかりだからな」

食材は十分にある。ご機嫌でそう言って、響は色よく焼けた豚肉に薄切りにした玉葱《たまねぎ》を合わせる。ざっと炒《いた》め合わせてから、フライパンに直接生姜《しょうが》を擂《す》り下ろし、醤油とみりんを大雑把に回しかけた。

豪快な料理の仕方に、三葉は面食らいつつも、自分の手は必要なさそうだと判断した。他のことを…箸《はし》を出したり、お茶を入れたりして、食卓を調える。

その間に炒め物だけでなく、早炊きで炊いていたご飯も出来上がる。白い湯気をもくもく上げていた炊飯器がピーという音で炊き上がりを知らせると、響は丼《どんぶり》を取り出した。

「三葉は…このくらいでいいか？」

小丼を差し出された三葉は十分だと頷く。しゃもじで炊けたご飯を混ぜ、丼と小丼に注ぎ分ける。その上にフライパンで作った豚の生姜焼きを載せて、更に卵黄を一つ落とした。

「出来たぞ。食おうぜ」

三葉は響が作った丼飯をテーブルへ運び、斜向《はすむ》かいに座って、手を合わせる。頂きます。一緒に挨拶《あいさつ》してから、早速食べ始める響に、三葉は改めて詫《わ》びた。

「響さんに作らせてしまって、すみませんでした。明日からはちゃんと出来るようにしますので……」

「何言ってんだ。お前は洗濯だの風呂だの、やってくれただろ」

「でも、家事は三葉の仕事で……」

「仕事っていうなら、今日は梅を手伝ってくれたじゃないか。あれで十分だ」

「けど……」

「でもだの、けどだの忙しいな。いいから食えよ」

俺の飯も美味いぞ。にいと笑って勧める響に、三葉はぺこりと頭を下げてから、箸を持つ。確かに、響の豚の生姜焼き丼は美味しそうだった。

「……」

酒のつまみに一夜干しのイカを食べたばかりだ。だから、ものすごく空腹というわけじゃないのに、匂いだけでお腹が鳴りそうになる。

三葉はごくりと喉《のど》を鳴らし、豚と炊きたてご飯を一緒に頬張る。見かけも匂いも満点だが、味は満点以上だった。しっかり焼き目をつけた豚肉には甘みが感じられ、それに生姜のピリ辛《つら》さがほどよくマッチしている。大胆な作り方からは想像出来ない絶妙な味だった。

「……!…おい…ひいでふっ……!」

「食いながら話すな」

「……!!…ん…っ…すみません。…美味しくて」

「そりゃよかった」

満面の笑みでよかったと言う響を三葉は見つめる。見つめる…では足りない。見惚《みほ》れる。そう言った方が相応《ふさわ》しいような視線でじっと見て来る三葉に気付いた響は、早く食えと急《せ》かした。

「冷めるぞ」

「あっ…はい!」

「あったかいうちに卵を混ぜて食うと美味いんだよ」

真ん中に載せられた卵を、三葉はまだ混ぜていなかった。響に言われた通り、黄身を割って混ぜ、口へ運ぶ。

醤油とみりんの甘辛味に黄身のまろやかさが加わり、ご飯にものすごくあう。

「……!!……!」

また口に入れたまま叫んでしまいそうになったのを堪《こら》え、三葉は目をまん丸にして訴える。美味しいです! 全身でそう表現する三葉を見て笑い、響は自分も丼の中身をぐるぐるかき混ぜてかき込んだ。

二人して無言でがつがつと丼飯を平らげ、空になった丼を置いた三葉は、「ごちそうさまでした」と手を合わせる。それから素朴な疑問を響に向けた。

「響さんはどうしてこんなに料理上手なんですか?」

「上手なんかじゃねえよ。お前みたいにちゃんとした飯は作れないが……こういうざっくりとした飯は寮で夜食によく作ってたからな」

「夜食……ってことは、晩ご飯の後にこれを……?」

「ラグビーやってた頃の話だぞ」

今はもう、さすがに夜食には食えない。真面目な顔でつけ加える響に、三葉は意外だったと伝える。

「奥様が入院なされてからは外食ばかりだと仰《おっしゃ》っていたので、料理はなさらないのかと思っていました」

「一人で食うの、あんま好きじゃないんだ」

なるほどと納得出来る理由ではあったが、大柄で豪放磊落《ごうほうらいらく》なイメージのある響には似合わない。どんな些細《ささい》なことでも気にしないような胆力を備えているように見えるのに。

そうなんですかと三葉は小さく相槌《あいづち》を打つ。空になった食器を洗い場へ運ぼうとした響を制し、後片付けは自分がやると申し出た。手伝いも遠慮された響は、シンク下の扉を開けて一升瓶を取り出し、飲み始める。

片付けを終えた三葉は「飲まないか」と誘われ、嬉《うれ》しそうに頷いて席に着いた。

「お前、酒、強いんだな。さっきも結構飲んだのにけろっとしてるし。まだ飲めるのか」

「はい。でも…遠慮した方が…」

「何言ってんだ。遠慮なんかするなよ」

また三葉が奉公がどうとか言い出さないうちに、響は水屋簞笥《みずやだんす》から出した湯飲みに日本酒を注いだ。三葉は驚き、酒器じゃないのにいいのかと心配する。

「堅いこと言うな。こっちの方がいちいち注がなくていいし、たくさん飲めるだろ」

「確かに」

頂きます…と有り難そうに湯飲みを捧《ささ》げ持ってから口をつけた三葉は、微《かす》かに目を見開いた。これはなんだろう…と言いたげな目で湯飲みの中を見つめてから、響に尋ねようとしたのだが。

「秋田さんのお酒じゃない…いや…でも…うーん」

考えがまとまらないというように、首を傾げる三葉は、本当に味が分かるようだと感心する。響は床に置いてあった一升瓶をテーブルの上にどんと載せた。ラベルは鵲瑞《じゃくずい》。江南酒造の酒だと分かる。

「これはうちの酒だが、秋田がまだ杜氏《とうじ》じゃなかった頃の酒だ。前の杜氏だった木屋さんが造った酒だ」

「そうなんですか！　だから、先輩のお酒みたいに全然違う感じまではしなかったんですね」

「よく分かるな」

すごいぞと褒められ、三葉は恐縮しつつ、湯飲みの酒をもう一度飲む。しみじみと味わってから、ふんふんと頷《うなず》いた。どう違うのか、響が感想を聞くと、三葉は言葉を選びつつ答える。

「なんていうか…秋田さんのお酒より強い感じがします。お祭りの時に飲むお酒によく似てます…ていうか、そっくりです」

「ふうん。どこの酒かは知らないけど、大山ならここからも近いし、同じような環境で醸してるのかもな」

秋田の酒や先輩の酒を飲んだ時は美味いと繰り返していた三葉が、一度も「美味《おい》しい」と口にしていないのに、響は苦笑する。美味いか、美味くないか。自分にとっての日本酒にそんな基準はなかったのを思い出す。

「うちの酒はずっとこんなもんで、こういうのが日本酒だと思ってたんだよ」

「分かります。三葉が飲んだことのある日本酒もこういう感じでした」

「美味いか？」

響に尋ねられた三葉は無言で頷く。

「正直に言えよ」

「嘘《うそ》は吐いてません」

「じゃ、秋田の酒と同じくらい美味《うま》いか？」

「それは…」

言葉に詰まる三葉に、響はテーブルに肘《ひじ》をつき、ここに秋田の酒が人気じゃない理由があるのだと指摘した。

「これはこれで悪くないんだろうが…秋田が造ってる酒のように『もっと飲みたい』と思わせる力には欠けてるんだと思う。特に俺たちみたいな若い世代にな。まあ…うちの酒がこうなったのにも色々あって…でも、環境が変わって、秋田は自分の造りたい酒を目指して頑張ってる。…それなのに…世間ではまだ、江南酒造の酒はこれだと思われてるんだ。だから、人気が出ない」

「だったら、宣伝したらいいんじゃないですか？　秋田さんのお酒は美味しいって」

「そうだな」

響は苦笑して頷き、そのまま黙り込んでしまった。知られていないのなら、知ってもらうようにすればいい。単純にそう考えたけれど、難しいことなのだろうか。

浅はかだったかと反省し、詫びようとした三葉は、ふいに塚越から聞いた話を思い出した。もしかして…塚越から聞いた、江南酒造が抱えている事情が影響しているのだろうか。

「さいむ…なんとかだからですか？」

「さいむなんとかになって、社長だった響さんのお兄さんがいなくなって、響さんは東京から帰って来たんだって…聞きました。それが関係あるのかなって…」

「……」

三葉が「お兄さん」と口にした瞬間、響はすっと表情を厳しくした。余計なことを言ってしまったのだと気づき、三葉は慌てて「すみません」と詫びる。

当主は自分じゃないと言った響に、じゃ誰なのかと聞いても答えなかった。あれはいなくなった兄のことを話したくなかったからなのか。

「余計なことを…聞きました」

出過ぎた真似をしたと頭を下げる三葉に、響は「何言ってんだ」とちょっと乱暴に言って、三葉のお団子をぽんぽん叩《たた》く。

気遣っているような顔つきで自分を上目遣いに見る三葉に、笑みを返して湯飲みの酒を飲み干した。喉元《のどもと》をかっと焼かれるような刺激は昔ながらの日本酒を飲んでいる気にさせられる。早く酔うための酒は、秋田が造る酒とは明らかに方向性が違う。

兄は今の秋田が造っている酒を飲んだら、なんと言うだろう。そんなことをぼんやり考え、一升瓶を持ち上げて湯飲みになみなみとおかわりを注いだ。

梅酒の仕込みも無事に終わり、週が明けると聡子が退院した。

「お帰りなさいませ。奥様」

「えっ…やだ、何⁉」

病院へ迎えに行っていた響と共に戻った聡子を、三葉は上がり框《かまち》で三つ指をついて出迎えた。想定外のもてなしに戸惑う聡子に、いつもこうだと響は教える。

「こんなことしなくてもいいって言ってるんだが」

「そうなの？　ねえ、三葉ちゃん、顔を上げて。三葉ちゃんに頭を下げなきゃいけないのは私の方よ」

慌てて靴を脱いだ聡子は、三葉の向かいに正座した。三葉と同じように床に手を突いて深く頭を下げる。

「梅酒の仕込みを手伝ってくれて、本当にありがとう。三葉ちゃんのお陰で、いつもよりもスムースに作業が出来たって聞きました。感謝してます」

「えっ…いや、そんな、奥様！　三葉に頭を下げるなんて…おやめ下さい！」

聡子に頭を下げられた三葉は慌てふためき、やめるように頼みながら、自分は更に低く頭を下げようとする。三和土《たたき》に立ってその様子を見守っていた響は、「やめて下さい」「三葉ちゃんこそ」「いいえ、奥様が」「助けて貰《もら》ったのは私だから」「滅相もない」と延々と続きそうなやりとりを終わらせる一言を放つ。

「それより、腹減らないか。もう昼だ」

「……!! そうでした！　ただいま、すぐにご用意致します！」

「そうね！　お昼を…」

「待てよ、母さん。三葉がやってくれるから。母さんはしばらくゆっくりしてくれ。また無理して倒れられちゃ困る」

台所へ駆けて行った三葉をすかさず追いかけようとする聡子を、響は苦笑いで止める。先に持ち帰った荷物を整理したらどうかと勧めつつ、響は手に持っていた鞄《かばん》を聡子の部屋へ運んだ。

中廊下から縁側を通って屋敷の東に位置する座敷へ向かう途中、どこもかしこもぴかぴかに掃除されているのに気付き、聡子は息を呑《の》む。

「響…が掃除するわけないわよね…？」

「おう」

「三葉ちゃん？」

おう。繰り返される返事を神妙に聞き、自室に入った聡子ははあと息を吐く。二週間以上に及んだ入院生活の間、閉めきってあった部屋はほこり臭くなっているだろうと覚悟していたのに。

「私の部屋まで掃除してくれてる…」

「あいつ、めちゃめちゃ働き者なんだ」

三葉は起きている間中動いていると聞き、聡子は心配そうに眉《まゆ》を顰《ひそ》めた。

「まだ子供なのに…そんなに働くなんて…」

「子供じゃない。二十二だって」

「え?」

「ちっさいだけで、成人してるらしい」

せいぜい高校生くらいだろうと思い込んでいた聡子は驚いて息を呑む。梅酒の仕込みで三葉が大活躍したという話を響から聞いて、お礼を言わなきゃいけないと思っていたが、それ以上に世話になっていたようだと分かって、聡子は台所へ急ぎ向かった。

「三葉ちゃん…!」

「はい、奥様! 何か御用でしょうか?」

昼食の用意をしていた三葉は、聡子の声を聞いて即座に振り返り、用向きを尋ねる。聡子は礼を言うよりも先に、余りに美味しそうなお出汁《だし》の匂いに惑わされ、「手伝うわ」と口にしていた。

二十歳で嫁ぎ、近隣でも評判の厳しい姑《しゅうとめ》に仕えていた聡子は、三葉に負けず劣らず「奉公」するのに慣れている。退院して来たばかりなのに働く気満々で手を洗ったのだが、台所を見る限り、調理はほとんど終わっていた。

ふくよかな香りの出汁は、厚削りの鰹節《かつおぶし》からひいたものらしい。

「鰹出汁のいい匂いねえ。おうどん？」

「はい。ただいま用意しますので、座ってお待ちください」

「いいからいいから。お丼《どんぶり》でいいわよね」

心配する三葉をよそに、聡子はいきいきと水屋簞笥から丼を三つ取り出す。それを調理台に置き、テーブルに三人分の箸《はし》と湯飲みを並べる。食事用のほうじ茶を入れる準備をしながら、うどんを盛り付けている三葉に聞いた。

「お出汁とおうどんだけ？　薬味は？」

「奥様は病後ですから、葱《ねぎ》などはにおいがきついかと思い…かき玉あんを作ってあります」

素うどんなら葱でも刻もうかと言いかけた聡子は、うどんとは別にあんかけが用意されていたのに驚く。丼にうどんと出汁を入れた三葉は、その上に湯葉を載せて、更にふわふわのかき玉あんをかけた。

「美味しそう！」

「生姜《しょうが》のすりおろしを載せても美味しいので…用意はしましたが、奥様は気になるようなら控えてください」

「そこまで気遣ってくれるなんて……ありがとう、三葉ちゃん」

ずっと作る側だった聡子は食に関する気遣いを受けた経験が少ない。三葉の言葉に感動しつつ、うどんを盛りつけた丼を並べていく。三葉はうどんだけでなく、いなり寿司《ずし》も作っていて、大皿に並べたいなり寿司をテーブルの中央に置いた。

「美味そうだな」

台所にやって来た響は早速席について、手を合わせる。聡子も三葉に勧められて座り、箸を手にした。

「奥様の召し上がりやすいものをと考え、うどんにしましたが、響さんには物足りないかもしれないので…足りなかったら仰《おっしゃ》ってください」

「いや、いなり寿司があるし十分だ。…ん？　これ…なんか入ってるのか？」

早速いなり寿司をつまんだ響は、半分囓《かじ》って味が違うのに気づく。あげの中に入っている酢飯に赤紫色のものが混ぜられている。

「それはしば漬けを混ぜたものです。あと…五目と胡麻《ごま》があります」

「本当だ。これ、美味《おい》しいわよ。三葉ちゃん」

「奥様にお喜び頂けてよかったです」

「三葉ちゃんも早く座って。一緒に食べましょう」

聡子に勧められた三葉は、作り置きのお惣菜《そうざい》を出してから席につく。青菜のおひたしとおから和《あ》えを食べた聡子は、「美味しい」としみじみ呟《つぶや》いた。

「病院のご飯…美味しくなくて…。贅沢《ぜいたく》言っちゃいけないと思って食べてたけど、やっぱり、美味しくなくて…帰ったら好きなもの、いっぱい作ろうって思ってたの。おひたしもおからも…うどんも大好きだから…嬉《うれ》しい…」

「左様でございましたか！ 奥様の好物が作れてよかったです！」

「奥様はやめてー。聡子でいいから。本当に美味しいわよ、三葉ちゃん」

「…三葉。うどんのお代わり、あるか？」

「はい！ 用意してあります」

もちろんと答えた三葉は、一杯目のうどんを飲み…いや、食べ終えた響の丼を預かって、お代わりを注ぐ。あんかけをれんげですくい、うどんと一緒に食べてほっと息をついた聡子は、テーブルの上を改めて見つめた。

「帰って来たらこの上は物置になってるんだろうなって思ってたんだけど…よかった。三葉ちゃんがいてくれて」

「ありがとうございます」

「お礼を言わなきゃいけないのはこっちの方よ」

ありがとう…と言いながら聡子はうどんをちゅるちゅる啜《すす》る。いなり寿司も頬張り、もりもり食べていると、玄関の方から声が聞こえて来た。

響と聡子が反応する前に、三葉は椅子を下りて玄関へ向かう。駆け戻って来た三葉は、中浦が来ていると響に伝えた。

響は頷《うなず》き、聡子を見る。

「…心配して見に来たんじゃないか？」

「そうね」

聡子も同じことを考えたらしく、口の中のいなり寿司をお茶で流し込み、立ち上がる。響と一緒に聡子が玄関へ出て行くと、玄関先の土間に立っていた中浦は、ほっとした表情を浮かべた。

中浦と聡子は鵲市の同じ地域で育った幼馴染《おさななじ》みで、中学まで同級生だった。地元の高校を卒業し、就職するも二十歳で寿退社した聡子に対し、中浦は進学校から国立大を経て銀行へ就職。その銀行が江南酒造のメインバンクであった縁から聡子と再会し、倒産寸前まで追い詰められた江南酒造へ転職することとなった。

「中浦くん。色々迷惑かけてごめんなさい」

「いや。元気そう…だな？」

「うん。もうすっかり。家の中がとんでもないことになってるだろうと覚悟してたけど、三葉ちゃんのお陰で助かったわ。今、三葉ちゃんが作ってくれたご飯食べてたところなの。中浦くんもどう？」

「いや。俺はもう食べたからいい。…顔が見たかっただけなんだ」

特に用はないと言い、中浦はついでのように響に午後からの予定を伝える。仕込み蔵の壁を補修する業者が二時に訪ねて来ることになっているので、事務所に来て欲しいと言われた響は「了解です」と頷いた。

「じゃ、俺は」

「中浦くん、ありがとう」

「…無理するなよ」

笑って頷く聡子の後ろで控えている三葉に、中浦は声をかける。「見張ってて下さい」と真面目な顔で頼む中浦に、三葉は「お任せ下さい」と返事した。

二人のやりとりを聞いた聡子は不満げに唇をとがらせる。

「見張るってなによ」

「笑いながら無理するからだろ」

呆《あき》れ顔で聡子に返しつつ、事務所へ戻って行く中浦に響は自分もすぐに向かうと伝える。台所へ戻って昼食を終えた響を仕事へ送り出した後、後片付けを手伝うと申し出た聡子を、三葉は頑として働かせなかった。

「奥様は座ってらして下さい。特に水仕事はいけません。奥様を働かせたりしたら三葉が皆さんに叱られます」

「でもねえ…本当にもう元気なのよ。病院ならともかく、家で何もしないって…落ち着かないのよねー」

「お茶でも飲んでて下さい」

お茶を飲むということに集中するよう、三葉は聡子に勧める。納得いかない顔付きだったものの、聡子はお茶を啜りながら洗い物をする三葉を眺めていた。

「そのジャージ可愛いわね」

「はい！　楓さんが『はまむら』で選んで下さり、響さんがお金を出して下さいました。とても有り難く思っています」

「楓ちゃんと『はまむら』行ったの？」

「梅酒の仕込みを手伝う時、着物では不便だからと楓さんがジャージを貸して下さったのですが、私は小さいのでぶかぶかで…。それで『はまむら』に連れて行って下さいました」

「そう言えば、病院に来た時、三葉ちゃん着物だったわよね。洋服は？　もしかして、持ってないとか」

「はい…。ずっと着物だったので、不便は感じていなかったのですが、ジャージを着てみたら大変動きやすく、脱ぎ着も便利で…。ずっと着ております」

「お洗濯は？」

「寝る前に」

一着を着回していると聞き、聡子は驚く。自分の服を…と言いかけてやめた。

「おばさんの服じゃ駄目よね。それに…私も楓ちゃんと同じで大きいから…私の服は三葉ちゃんにはぶかぶかよねえ。…よし、今から着替えを買いに行こう。三葉ちゃん」

「いけません。奥様はおとなしくなさって下さい」

「もう大丈夫だから退院出来たんだけどなー」

つまらなそうに言い、聡子は手にしていた湯飲みを置く。洗い物を終えた三葉は水を止めて手を拭《ふ》き、聡子を振り返った。

「最低でも一週間は奥様をおとなしくさせるよう、響さんから言いつかっております。中浦さんも見張ってるよう、仰っていたでしょう」

「三葉ちゃん、監視役なの？」

「三葉は響さんのご命令とあらば何でも致します。響さんは…」

ご当主様ですから…と言いかけた三葉は、響からそれを否定されているのを思い出す。

そして、聡子が響と「お兄さん」の母であるのも。

聡子に聞いてもいいだろうか。聡子も同じように答えてくれないだろうか。

悩む三葉の気持ちを見透かしたかのように、聡子は話があるので向こうで話さない？と縁側の方を指した。


「今日はお天気がよくて、湿気もないし、いい日よね」

梅雨の晴れ間というと太陽は出ても蒸し暑かったりするものだが、風が出ているせいか、湿度が低く心地よかった。日差しの強さは既に夏でも、延びた軒が日陰を作る縁側はとても涼しい。

先に縁側へ向かった聡子を、三葉はお茶を入れた湯飲みをお盆に載せて追いかけた。どうぞと差し出す三葉に、聡子は湯飲みが一つしかないのを気にする。

「三葉ちゃんのは？」

「三葉は結構です」

「もう。遠慮なんかしなくていいんだから」

そんなの必要ないと言い、聡子は立ち上がって台所へ向かった。制する三葉は無視して、台所の冷蔵庫を開けてグラスにジュースを注いで持って来る。

「はい。三葉ちゃんにはお茶よりこっちの方がいいかもと思って」

「ありがとうございます…！　お気遣い頂き、申しわけありません」

「二十二歳ならまだ若いのに。そんなに気遣わなくていいのよ。三葉ちゃんがどんな風に聞いて来たのか分からないんだけど、うちはもう…」

もう。その先を聡子はすぐに続けなかった。一つ息を吐いて、正座している三葉を真っ直ぐに見る。

「病院に来てくれた時、お給料が払えないって話、したでしょう？」

「はい」

「どうしてなのか、響に聞いた？」

響からは聞いていないので首を横に振る。ただ、塚越にお兄さんのことを聞いたと三葉は聡子に伝えた。

「社長だったお兄さんがいなくなってしまって、さいむなんとかになって、たくさん人が辞めたという話を楓さんから…」

「さいむなんとか…債務超過のことかな。私もよくは分かってないんだけど」

はははと笑いながらも、聡子の目は真剣だった。ふうと息を吐き、うちはね…と話し出す。

「三百年以上続く老舗《しにせ》で、代々日本酒を造って来たんだけど、私がお嫁に来た時には難しい状況になってたの。生活の変化に伴って日本酒は昔ほど飲まれなくなって…生産量が減り続けてるのね。造るのをやめてしまう蔵も多くて…鵲市ではうちだけになってしまって。

三葉ちゃんのお兄さんが手紙をくれた江南忠直っていうのは、響のお祖父《じい》さんで私の旦那《だんな》さんのお父さんだったんだけど、お祖父さんは昔からの造り方で日本酒だけ造っていれば何とかなるって考えの人だった。でも、息子である紀生さんは違って、多角経営っていうのかな。日本酒は生産量が減っていくばかりだから、他の事業もやっていかなきゃいけないって考えだったのね。それで梅酒を始めて…お陰様で梅酒は評判がよくて、地産地消なんてことも言われて、売れたのよ」

「知ってます。梅酒は日本酒よりも売れてるって、秋田さんが言ってました」

「そうなのよー。秋田くんには本当に申し訳ないんだけどね」

聡子は苦笑して三葉が運んで来た湯飲みを手にする。緑茶をすする聡子の雰囲気は硬い。

聡子が申し訳ないと言う意味が、三葉にはよく分からなかった。

「どうして奥様が申し訳ないなんて…。日本酒が売れないのは奥様のせいじゃないですし…、秋田さんのお酒が美味しいっていうのが知られてないからだと思います」

「そうね。でも、秋田くんみたいに意欲のある子はうちじゃない酒蔵だったら、もっと才能を活《い》かせるはずなの。お酒だってもっと売れると思う。うちは…どうしても悪いイメージがついてしまってるから」

それが原因だと言い、聡子はふうと息を吐いて肩を落とす。今も江南酒造で頑張っている秋田には、足を向けて寝られないと真剣な表情で続けた。

「先代の杜氏《とうじ》だった木屋さんが辞めることになった時に、秋田くんにはよそへ行くっていう選択肢もあったのに、残ってくれた。秋田くんが辞めていたら新しい杜氏さんを迎えるなんて出来なかっただろうから……廃業するしかなかったと思う……。うちが今もなんとか酒蔵の看板を下ろさないでいられるのは秋田くんのおかげなの」

本当にありがたい……と湯飲みを握りしめて呟《つぶや》く聡子は苦しげに見え、うどんが美味《おい》しいと喜んでいた姿からはかけ離れている。三葉は心配になって話を切り上げた方がいいだろうかと迷ったが、聡子は自ら話を続けた。

「さっき、三葉ちゃん、さいむなんとかって言ってたでしょう」

「はい……」

「あれね。借金をいっぱいして、でも、返せる当てがなくなっちゃった状態のことを言うんだと思うのね。……楓ちゃんが言ってた社長っていうのは、響の兄で……環《たまき》って言うんだけど、環は跡取りとしてうちで働いてて、九年前に紀生さんが突然亡くなってしまった後、社長になったの。まだ二十五歳だった。環は紀生さん以上に酒蔵には経営革新が必要だっていう考え方でね。飲食業をやり始めて……あと、化粧品とか、鵲温泉の名物にするって日本酒チーズケーキとか酒粕《さけかす》まんじゅうとかお土産ものにも手を広げてた。……でも、日本酒造りには消極的で、規模をどんどん小さくしていって……確実に売れる梅酒だけでいいじゃないかって……杜氏だった木屋さんと喧嘩《けんか》みたいになって……」

話しながら、当時を思い出したのか、聡子は辛《つら》そうな表情を浮かべる。俯《うつむ》いた顔を見ているだけで三葉も同じような気持ちになり、膝《ひざ》の上に置いた手をぎゅっと握りしめた。

「環は…あの子なりにうちの将来を考えてたんだと思うの。ただ、ちょっと急すぎたのかなー。ひとつのことがうまくいかない内に次のことをやっちゃ駄目なんじゃないのって、私も言ったんだけど、経営っていうのはそういうものじゃないとか言われてねー。環は賢かったし、大学でそういう勉強もしていたから、高校しか出てなくて、二十歳でお嫁に来たような私が何言っても耳を貸さないよね。あの子は本当の意味で頼れる相手が誰もいなかったのよ」

「…響さんは？　響さんがいるじゃないですか」

祖父と父は亡くなっていたとしても、響がいる。その頃は東京にいたからなのだろうか。でも、響なら。

自分が知っている響は、兄から助けを求められたら何をおいても力になる気がする。響は自分をいつも気遣ってくれる。細やかとは言えないし、大雑把だけれど、響の言葉や仕草は気持ちを温かくしてくれる。

酒は美味《うま》いがよく分からないと言い放ち、秋田を呆れさせたりもするけれど。響ならどんな形であれ、絶対、兄の力になったはずだ。

そう信じて響の名を口にする三葉を、聡子はゆっくり目線をあげて見る。まっすぐに向けられた聡子の目には沈痛な色が滲《にじ》んでいて、三葉ははっとした。

慌てて「すみません」と詫《わ》びる。分からないけれど、余計なことを言ってしまったと、直感で分かった。

「あの…」

「そうよね…。三葉ちゃんは響しか知らないから…、そうなの。あの子なら…環に頼られたら助けたと思う。でも、環には無理だった。そんな考えも浮かばなかったと思う。環と響は…色々あって子供の頃からずっと不仲で…仲が悪いっていうより、お互いが存在しないみたいな感じで…」

「存在しないって…兄弟なのにですか？」

兄弟姉妹が大勢いて、全員と仲のいい三葉には信じられない話だった。きょうだいであってもどうしても馬の合わない相手がいるというのは知っている。けれど、存在しないというのは。

理解出来ないと首を傾げる三葉に、聡子は自分のせいだと吐露した。

「私が見て見ぬふりをしていたから…それがよくなかったんだと思う。そうしてた方が楽だったから…。本当に、後悔してる」

深く息を吐き出し、聡子は目を閉じる。湯飲みを握りしめたままの手が震えていて、三葉はそっと聡子の手からそれを取り上げた。聡子は何も言わずに俯いていたが、しばらくして「環が」と再び話し出した。

「社長になる前も、うちには結構な額の負債があったの。負債って借金ね。それでも…銀行ってお金を貸してくれるのね。不思議でしょ。環は新しい事業で借金を減らすつもりで、更に借金して…でも、考えてたよりも全然儲《もう》からなくて…どうにもならなくなっちゃったのよ。何とか倒産を免れる為に、あちこちに持ってた土地とかビルとか売って、色々やってた事業をやめて…って、整理してる途中で環がいなくなっちゃったの」

「行き先は…」

「分からない。本当に…ある日、突然。ううん。突然じゃないね。私がもっと気にかけるべきだった。環の『大丈夫』って言葉を信用せずに、心配するべきだった…。いつも後から気づくんだ…私は」

自分が悪いと責める聡子の言葉を聞きながら、三葉は梅酒の仕込みを手伝いに来ていたパートの孝子たちが話していたのを思い出した。聡子が病気になったのはストレスのせいだと言っていた。

「奥様…もう…」

「ごめんね、三葉ちゃん。こんな話、聞かせて。でも、あとちょっとだから…。それから…私は環を捜したり、警察に届けを出したりしてたんだけど、その間に次々会社の人が辞めていって…杜氏の木屋さんも倒れて…もうしっちゃかめっちゃかで…今でも何が先で後だったかよく思い出せないんだけど、その頃はまだ銀行に勤めてた中浦くんがうちを立て直す為に来てくれるって言って…東京で会社勤めしていた響に連絡を取って、呼び戻してくれたの。…それから二人で…なんとか江南酒造が細々とでもやっていける道を探してくれた」

縁側の向こうにはこぢんまりとした庭がある。立派な…とまではいかずとも、手入れのされた日本庭園だ。目映《まばゆ》い光に照らされた緑が白く輝いているのを見つめ、聡子は感謝を口にする。

「いっぱいなくしてしまって、ご先祖様には申し訳ないけど、お酒造りまでやめずに済んで本当によかった。戻って来てくれた響にも…うちに来てくれた中浦くんにも、木屋さんの後を継ぐと決心して残ってくれた秋田くんにも、それを手伝ってくれる楓ちゃんと海斗くんにも…皆に感謝してる。…秋田くんに申し訳ないっていうのはね。秋田くんはものすごく頑張ってて、実際、秋田くんが造るお酒はどんどん美味しくなってるのに売れないのは…日本酒造りに消極的だった環が酒販店さんとの契約を切ってしまっていたり、潰《つぶ》れかけたのはまずいからだみたいな悪評が立ってしまっていたりして…その影響が大きいのよ」

「だから…」

響の反応が鈍かったのかと三葉は納得する。ただ、美味しいと知ってもらうだけでなく、悪い評判を覆さなくてはならないとなると、労力は倍になる。

そういう訳で。長い話を終えた聡子は、背筋をすっと伸ばして真面目な顔で三葉に結論を伝えた。

「うちには人を新たに雇う余裕がないの。だから…」

「奥様。三葉は先日も申しましたように、お給金はいらないのです。三葉は頂く立場ではなく、いいことを起こさなきゃいけない立場なので。それなのにこのように立派なジャージまで…」

「三葉ちゃん。ジャージに立派とかないわよ」

「とにかく、三葉は江南家に奉公する為にここへ参ったのですから。奥様が気遣われる必要は一切ありません。それに三葉には江南家を繁栄させるという務めがあります」

「務めって…どういう意味？」

「あ…いえっ。とにかくですね、三葉は皆さんのお役に立てるよう頑張りますので、どんなことでも遠慮なく仰《おっしゃ》って下さい」

きっぱり言い切り、三葉は畳に額をつける。聡子は困った顔で三葉を見ていたが、押し問答になるのを予想し、「分かりました」と返した。

「じゃ、仲良くやりましょ。もしかしたら、お酒が売れてお給料出せるようになるかもしれないしね」

「きっとなります！　だって、秋田さんのお酒、美味しいですから！」

「あら。三葉ちゃん、いける口？」

にんまりと笑って聞く聡子からは先ほどの苦しそうな表情が消えている。三葉は大きく頷《うなず》き、聡子に負けじと満開の笑みを浮かべた。

第二話

酒造業界では七月一日から六月三十日までを一年の区切りとして数える。秋から春にかけて造られることの多い日本酒は、一般的な一月から十二月、もしくは四月から三月という期間で区分することは難しい。以前は十月一日から九月三十日とされていたが、実際の製造状況を鑑みて、七月一日からの一年が酒造年度として定められた。

酒造年度で用いられるのがBYという記号だ。元号表記が多く、令和三年であれば3BYもしくはBY3といった具合に表示される。BYというのはBrewery Yearの略である。

日本酒製造業者にとっては新年でもある七月。寒造りで醸造している酒蔵の夏はオフシーズンに当たり、機械類や施設の整備や修理に忙しい時期である。

江南《えなみ》酒造も例外ではなく、社員総出で蔵の修繕が行われていた。

「響《ひびき》さーん。このままだとペンキが足りません」

「マジか！　おかしいな。ちゃんと計算して買ったのにな」

「計算が間違ってたんじゃないですかー」

ぺたぺたと白いペンキを塗りながら指摘する塚越《つかごし》に響は反論出来ず、残りのペンキを高階《たかしな》と確認する。やはり足りなそうだと肩を落とし、買いに行って来ると言いかけた時、「皆さーん」と呼ぶ三葉《みつば》の声が聞こえて来た。

「お昼の用意が出来ましたよー！」

朝からずっとペンキ塗りをしていた三人は既に腹ぺこだった。塚越はさっさと脚立を下りて母屋へ向かい、響と高階もそれを追いかける。追加のペンキは食べてから買いに行けばいい。

退院した聡子《さとこ》の体調が落ち着くのを見計らって、三葉は皆の昼食を作ると言い出した。泊まり込みにもなる忙しい仕込みの時期は、三食聡子が用意している。しかし、通いになる夏場は、各自で昼を用意し、事務所などで食べていた。中浦《なかうら》と塚越は手作りの弁当、秋田《あきた》と高階は通勤の途中で買ってくるパンやカップ麺《めん》だ。

自分がお役に立てるのはこれくらいしかないからと言う三葉に、響と聡子は負担にならないならばと了承した。

響がまだ小さかった頃は、江南酒造にも蔵人を連れた杜氏《とうじ》が集団でやって来て、半年ばかりの間、住み込みで酒を仕込んでいた。その名残で、大勢の料理を賄う道具類はたくさんある。

「やったー！　今日は焼きそばだー！」

「めっちゃ美味そう」

「腹減ったなあ」

母屋の屋敷を回って庭へ出た響たちは縁側から座敷へ入る。障子の開け放たれた座敷に並べられた二つの座卓には、人数分の昼食が用意されていた。

いつもメインのおかずにご飯、汁物に小鉢というのが定番だ。今日のメインは焼きそば。塩胡椒《こしょう》でこんがり焼いた豚肉と千切りにしたキャベツをざっくり混ぜ合わせたものを皿に盛り、別にソースで炒《いた》めた焼きそばをその上に載せる。更に上から目玉焼きをのっけて、青海苔《あおのり》と紅ショウガを添えた三葉の焼きそばは、響、塚越、高階の間で大人気だ。

早速食卓についた三人はがっつくように焼きそばを食べ始める。

「三葉の焼きそばって美味いよな。普通、具材と麵を一緒に炒めるのに、別で炒めてあるんだよな、これ」

「こっちの方がキャベツがしゃきしゃきで美味《おい》しいからって言ってましたよ」

「炒めたそばの味が濃いめで…ソースの焦げた匂いがたまらん」

がつがつ食べる三人の元へ、聡子が汁椀《しるわん》を運んで来る。味噌汁《みそしる》の具はみょうがとなすで、小鉢はトマトの胡麻酢和《ごますあ》えだ。

「ご飯もお汁もおかわりあるから、たくさん食べてね」

「お疲れ様です。あれ、秋田くんは?」

遅れて事務所からやって来た中浦が秋田の不在に気づき尋ねる。食卓の中央に置かれたぬか漬けに箸《はし》を伸ばしつつ、響が出かけているのだと答えた。

「西《にし》さんのところの田圃《たんぼ》見に行ってます。昼までには戻るって言ってたんですが」

「順調だといいですね。ところで、ペンキ塗りの方はどうですか？」

「ペンキが足りないようなので、昼から買いに行って来ます」

「床の補修も八月内に終わりそうですし…機械類の点検も順調なんですよね。高階くん」

「はい。あ、一つだけ。瓶詰め機の調子がいまいちで、秋田さんと直してみたんですが、微妙な感じではあります」

「あれも古いやつみたいだからな」

「だとしても、何とか直して使いましょう」

新しく機械を買う金はない。真面目な顔で言う中浦に、皆で深く頷く。先立つものがなければあるもので工夫するしかない。夏が過ぎれば秋が来る。仕込みが始まってから致命的な不具合が出ることだけは避けなくてはいけない。

これまでも同じ時間帯に昼食をとっていたが、同じものを食べていたわけではないので、なんとなくバラバラだった。こうして一緒に食べるようになり、お互いの状況を把握するいい機会となっている。

「皆さん、ご飯のお代わりはいかがですか？」

頃合いを見計らって台所からお盆を持ってやって来た三葉に、それぞれが空にしたお茶《ちゃ》碗《わん》を差し出し、おかわりを頼む。中浦はおかわりはせず、小鉢のトマトについて三葉に尋ねた。

「三葉さん。このトマトは大変美味しいですね」

「よかったです。朝、孝子《たかこ》さんが畑で取れたばかりのものを持って来て下さったんです」

「トマトはもちろんなんですが…胡麻と…酢ですか？」

「はい。胡麻を擂《す》って、酢と塩と、お醤油《しょうゆ》を風味付けに少し。トマトが甘いので酢の味が活きてるのかと」

なるほど…と中浦が感心していると、庭から「戻りました！」と言う秋田の声が聞こえて来た。皆がお疲れ様と迎える中、秋田の目は食卓に釘付《くぎづ》けだった。

「やった！　今日は焼きそばですか」

嬉《うれ》しそうに言い、秋田は縁側から上がって来て響の隣に腰を下ろす。急いで台所へ駆けて行った三葉は、ご飯のおかわりと、秋田のご飯と味噌汁を運んで来る。秋田は礼を言って受け取り、響たちに向けて田圃の状況を報告した。

「西さんのところ、順調でした。このまま台風や豪雨がないといいんですが」

江南酒造では酒の原料となる酒米の栽培を幾つかの契約農家に頼んでいる。中でも西のところは一番作地面積が広く、他の農家を束ねる立場にもあるので、秋田や響が定期的に顔を出して生育状況を確認している。

「天候ばかりは神頼みだな」

「秋田さん。焼きそばを温め直して来ますので」

「いや、このままでいいよ。ありがとう、三葉ちゃん。あ、それと皆さん。来週、鹿内《しかうち》さんに来て貰《もら》って、呑《の》み切りをしようと思いますのでお願いします」

三葉に返事しながら秋田がついでのように発した言葉に、その場にいた一同がぴくりと反応する。誰もが神妙な顔をしているのを見て、三葉は隣にいた聡子に呑み切りというのは何かと聞いた。

「うーん…そうねえ。簡単に言えば、仕込んだお酒の味見かな」

「味見…」

日本酒の…しかも、秋田が仕込んだ酒の味見とは。羨《うらや》ましそうに呟《つぶや》く三葉に、秋田は三葉にも参加して欲しいと告げる。

「いいんですか？」

「もちろん。三葉ちゃん、この前も美味しそうに飲んでくれたし。意見を聞かせて貰えると俺も有り難いからさ」

ありがとうございます！　と三葉は全力でお礼を言ったが、他の皆が嬉しそうな表情ではないのが気になった。響はもちろん、塚越も高階も酒好きだ。

なのにどうしてと不思議に思いつつも、三葉は味見が出来るという呑み切りが楽しみだった。


三葉がとても楽しみにしていた呑み切りの日は、梅雨明けの空に雲一つない晴天となった。朝食を用意して、起きて来た響を「おはようございます！」と元気よく迎えた三葉は、その顔色が優れないのに気付き心配する。

「響さん、どうかしましたか？　体調でも…」

「違うわよ、三葉ちゃん。響は気が重いのよ」

気が重いとは？　一緒に食事の用意をしていた聡子が言う意味が分からず、三葉は首を傾げる。聡子に「ね？」と同意を求められた響は、浮かない顔で自分の椅子に座った。

「気が重いってことはないよ。ただ…」

否定しながらも代わりの言葉は続かない。渋々「そうかもな」と頷く響に、三葉がご飯を山盛りにしたお茶碗を渡す。

「どうしてですか？　お酒の味見なんてわくわくしますけど」

「味見なんて気軽なもんじゃない。母さんが適当に言うから。三葉が信じちまってるだろ」

「適当に言ったわけじゃないわよ。三葉ちゃんに分かりやすいように言っただけよー」

響の非難を受け流し、聡子は三葉を誘って席につく。三人で「頂きます」と手を合わせ、朝食にする。

三葉が朝に作る味噌汁は具だくさんだ。朝食はおかずが限られるので、響のお腹を満足させられるよう、汁よりも具が多いくらいにしている。

大根になすに油揚げ、木綿豆腐にぶつ切りにした葱《ねぎ》。ごろごろと入っている野菜を食べていた響が「ん？」と声をあげる。

「これはなんだ？　葱じゃないよな？」

「ああ、それは…ええと、ズッキーニです。頂いたんですが、かぼちゃの親戚《しんせき》だというので、お味噌汁にもいいかと」

「へえ。美味《うま》いな」

「夏はもらい物のお野菜で暮らしていけるわねえ」

梅酒の仕込みで手伝いに来て貰うパートさんたちは全員が兼業農家で、大なり小なり畑を持っている。夏野菜は豊富に収穫出来るので、家で食べきれない分を皆が持って来てくれるのだ。

「ピーマンも取れたてを頂いたので、千切りにして塩昆布と和《あ》えてみました」

「ピーマンって生で食えるんだな。ぽりぽりして美味い」

から」

「新鮮ですし、苦みが少ないですから」

「三葉ちゃんは何でもささっと作ってくれるから助かるわ。一気にお野菜頂くと早く料理しなきゃって追い立てられてるみたいな気がするけど、三葉ちゃんはすぐにやってくれるから」

本当にありがたいと聡子に褒められ、三葉は照れ笑いを浮かべる。

「奥様が色々教えて下さるので三葉も助かっています。知らないことも多いので…こちらでは納豆を食べないというのも知りませんでしたし」

「そう言えばそうだな」

気にしたことはなかったが、幼い頃から食卓に納豆が出ていた覚えはない。だから、響も家を出てから初めて納豆を食べた。

酒造りには麴菌《こうじきん》の働きが欠かせないが、納豆に含まれる納豆菌はそれに悪影響を及ぼす。だから、仕込みの時期には酒造りに関わる杜氏や蔵人たちは納豆を敬遠する場合が多い。代々酒造りを行っている江南家では、仕込みの時期であるかないかにかかわらず、納豆を食べるという習慣そのものがなかった。

「私もお嫁に来てから食べてないのよね」

「朝食に納豆ってのは世間では定番だよな。…おかわり、くれるか」

あっという間に空になったお茶碗を受け取り、三葉は炊飯器へ向かう。響のお茶碗に山盛りのご飯をよそいながら、「ところで」と話を戻した。

「さっきのお話からすると、呑み切りというのは味見とは違うんですね？」

「また後で秋田が説明してくれると思うけど…味見ってより品質検査だな」

「昔はね、今みたいな温度調節が出来るタンクじゃなかったから、気温が上がって来る時期に火落ち菌っていうのが発生しちゃって、お酒が駄目になっちゃうことがあったの。だから、中身をちょっと取って確かめるのよ。貯蔵してるお酒は定期的に確認するんだけど、この時期に行うのを初呑み切りって言って、蔵の重要な行事なの」

「それに鑑定官の先生も来るしな」

「先生？」

「国税局の人でね。お酒の出来を確認して、製造の技術指導なんかをしてくれるんだけど…そっか。響は去年も苦手そうにしてたもんねー」

別に…と唇を尖《とが》らす様子からするに聡子の指摘は当たっているようだ。確かによそから人が来るとなると、単純な「味見」ではないのだろう。

「それに…秋田がまた熱くなるだろうから…」

「でも秋田くんのあの熱意がなければうちは廃業してたわよ」

「…分かってる」

らしくない小さな声で返し、響は三葉から受け取ったおかわりのご飯の上におかずのハムエッグを載せる。黄身を割って崩し、ご飯と一緒に飲み込んで、一気に二杯目を食べ終えた。響は早食いだが、いつもよりも更に早い気がして、三葉はどうしたのかと尋ねる。

「準備があるから秋田が早めに来るし…着替えなきゃいけないんだ。…ごちそうさま」

箸を置いて手を合わせ、響はさっと席を立つ。着替えるとは？　いつもは起きて来た時のままの格好で仕事に出かけるのに。

不思議に思いつつ、三葉は食事を終えた聡子にお茶を出し、枇杷《びわ》を食べませんかと勧める。これまたもらい物の枇杷を冷蔵庫から出して、二人で食べていると、階段をばたばた下りてくる音が響いた。

「母さん、法被って…」

「ふっ…！」

廊下を駆けて来た響を見て、三葉は目を丸くする。思わず大きな枇杷の種を飲み込んでしまうところだった。着替えるというのはそういうことか。

白いシャツにネクタイをしめた響は、いつもとは全然違って見える。

「ひ、響さん？」

「何だよ」

「どうしたんですか。その格好」

目を見開いたまま尋ねる三葉を、響はむっとした顔で見る。三葉が驚いているのは明らかだが、驚かれるような覚えはない。ネクタイ姿が珍しいのだとしても、仕方なく着ているのだから、響としては心外だった。

「仕方ないだろ。一応、今は蔵の代表なんだから、お客さんが来る時はちゃんとしろって中浦さんに言われてるんだよ」

「そうよー。法被ならクリーニングに出したやつが事務所の方に置いてあるわよ」

「ありがとう」

お前もあとから来いよ…と言って三葉のお団子をぽんぽんし、響は出かけて行く。玄関へ向かう背中をぽかんとした顔で見送る三葉に、聡子は不思議そうに聞いた。

「どうしたの。三葉ちゃん」

「え…あ、いえ。ちょっと驚いて。響さんも中浦さんみたいな格好、するんですね」

経理を担当している中浦は毎日スーツで出勤している。対して、響はTシャツに作業ズボンという格好ばかりで、ネクタイを締めた姿を初めて見たと言う三葉に、聡子は枇杷の皮を剝《む》きながら頷《うなず》く。

「そっか。でも、あの子、サラリーマンやってたから、スーツは着慣れてるのよ」

「あ、そうでしたね」

響は東京で働いていたと聞いている。なるほど…と頷きつつも、三葉はまだどきどきしている胸を押さえた。

事務所でクリーニング済みの法被を探していた響は「おはようございます！」という元気な声を聞いて振り返った。やる気を漲《みなぎ》らせた秋田が立っており、額に汗を浮かべて「暑いですね」とぼやく。

「おはよう。着替え、持って来てるよな？」

「はい。自転車で汗だくになってはいけないと思って…着替えて来ます」

秋田は杜氏《とうじ》として鑑定官を出迎えなくてはいけない。秋田にとってはよく知る相手であるものの、行事の時までTシャツに作業着ズボンでは中浦が眉《まゆ》を顰《ひそ》める。それに自転車で通勤している秋田のTシャツには汗染みが出来ていた。

着替えの為に秋田が更衣室へ向かって間もなく、いつもより早く中浦が出勤して来た。腰を屈《かが》めて探し物をしている響を不思議そうに見て、「おはようございます」と挨拶《あいさつ》した。

「響さん、何を…？」

「おはようございます。母さんから法被は事務所にあると聞いたんですが…」

「それならば」

在処《ありか》を知っていると言い、中浦は自分の机に鞄《かばん》を置いて、壁際に置かれているスチール棚の前に屈んだ。下段の引き戸を開けると、中には何十枚もの法被が保管されていた。

茄子紺《なすこん》地の法被には衿《えり》に江南酒造の白文字が入り、背中には看板銘柄である鵲瑞《じゃくずい》のラベルデザインがあしらわれている。社内行事や地域の祭り、デパートなどでの販促、鵲《かささぎ》神社の神事など、表舞台に立つような際に着る為に誂《あつら》えたものだ。

「秋田くんも着ますかね」

「あいつはポロシャツでいいって言うんじゃないですか」

響の言葉通り、更衣室から戻って来た秋田に聞くと、法被はいらないと答えた。秋田が着替えた襟付きのポロシャツは法被と同じ茄子紺色で、胸元に鵲瑞《じゃくずい》のマークが入っている。製造現場関係者はそのポロシャツを正装としている。

「秋田くん、鹿内さんは九時にいらっしゃるんですか？」

鹿内は国税局鑑定官室の主任鑑定官で、昨年も江南酒造の呑《の》み切りに参加した。

国税庁が管轄している各地の国税局には鑑定官室という部署があり、酒類および揮発油の分析、酒類の品質および安全性の確保、酒造の技術支援といった業務を担当している。

江南酒造が危機的状況に陥った三年前。前任の木屋から杜氏を引き継いだ秋田は、二十七歳という若さだった。木屋の下で修業を積んではいたものの、満足な人員もおらず、苦境に立たされていた秋田の相談相手となったのが、木屋と懇意にしていた鹿内だった。

「九時は過ぎると思います。鵲駅に九時頃着くという話でしたから、タクシーで…十五分くらいですかね」

「じゃ、準備しておこうぜ」

秋田に声をかけ、響は一緒に事務所を出る。既に強い日差しに照らされている中庭を抜け、蔵へ入ると空気がひんやりと感じられた。日中は三十度を超えるという予報が出ているから、昼過ぎには日陰でも暑くなるだろう。

昨日の内に仕込み蔵の入り口近くに机を並べた。呑み切りに使う一合サイズの利き猪口《ちょこ》が入ったプラスティックケースやバケツがその上に置かれている。酒を持って来るという秋田に頷き、響は台にする為に一升瓶用のケースを運んだ。

呑み切りは貯蔵している酒質の把握、味わいなどを確かめ、出荷時期や次期の製造計画の参考にする為に行われる。その年に仕込んだ酒だけでなく、以前のものや、瓶詰めにして貯蔵している酒なども併せてチェックしたりする。

日本酒の貯蔵タンクの下部には高さの違う二つの出し入れ口がある。それを呑穴《のみあな》といい、呑穴を塞《ふさ》ぐ栓を呑口《のみくち》と呼ぶ。貯蔵されている原酒を抜き取る際、その呑口を「切る」ことから、呑み切りと言われるようになった。

秋田は塚越や高階と共に先に呑口を切って、少量を瓶に移していた。タンクの番号が貼られた瓶を入れた籠《かご》を運んで来る。その顔が微妙に緊張しているのに気づき、響は「どうした？」と尋ねた。

「いえ…。…どうかなって…心配になって来まして」

「何言ってんだ。今頃」

　出勤して来た時は夏休みを迎えた小学生みたいな顔をしていた癖に。呆《あき》れる響に、秋田は相反する気持ちを吐露する。

「楽しみなのは楽しみなんですよ。去年より自信もあるんです。でも…なんて言うか、通知表貰《もら》う前の時みたいな？」

「ああ…何となく分かる」

「分かってくれますか？」

　同意する響を秋田は縋《すが》るように見る。しかし。

「お前の成績次第だからな。うちは」

「うっ…。どうしてそんな圧をかけるんですかー」

　響が続けた言葉は秋田の胸にぐさりと突き刺さる。ひどいと責めていると、塚越と高階の声が聞こえた。

「ざーす。秋田さん、鹿内さん、来たみたいですよ」

「えっ!?」

「タクシー停まってるんで」

　ちらりと見えたのは鹿内だと思う…と高階が言うのを聞き、秋田は焦り出した。時刻はまだ八時半で、駅に着くのは九時頃だと聞いている。

「な、な、なんで…」

「何でもいいから行こう。楓《かえで》、海斗《かいと》。それ、並べといてくれ」

了解！　と答える二人に後を任せ、響は秋田を促して足早に門へ向かう。塚越たちの言っていたタクシーが走り去る音が聞こえ、人影が二つ見えた。

共に男性で、半袖《はんそで》のシャツにネクタイ、肩から似たようなビジネスバッグを提げている。若い方は鹿内だと分かるが、六十半ばほどの男に見覚えはなかった。

客は鹿内一人だと聞いている。不思議に思う響の横で秋田は「あっ」と声を上げた。

「知り合いか？」

響の問いかけに無言で何度も頷き、秋田は鹿内たちの元へ駆けて行く。響もその後に続いて、秋田と一緒に頭を下げた。

「おはようございます！　鹿内さん、早くないですか？」

「おはようございます。一本早い電車に乗れたんですよ。連絡しようと思ったんですが、待たせて貰えばいいだろうと海老名《えびな》さんが仰《おっしゃ》るので」

「元気そうだね、秋田くん」

鹿内が海老名と呼んだ男性は、にこにこ笑って秋田に久しぶりと挨拶する。秋田は深々と頭を下げ、挨拶を返した。

「海老名さんもお元気そうで何よりです。今日、いらっしゃるとは聞いてなくて…」

「秋田くんが逃げるといけないから、黙っておくように鹿内くんに頼んだんだ」

「えっ」

「冗談だよ」

ははは…と笑い、海老名は響を見て会釈する。響もお辞儀を返し、紹介を求めて秋田を見た。

「こちらは以前、鑑定官室長をされていた海老名さんです。今は定年されて…」

「無職の年金生活者です。…帰って来られた弟さんというのは…」

「俺です。響といいます」

名前を口にし、響は再度頭を下げた。「帰って来られた弟」と言う海老名は、兄とも面識があるのだろう。年齢的に父とも…という考えは当たった。

「僕は鹿内くんくらいの歳の時に江南酒造さんにお邪魔していて、お祖父《じい》さんにはお世話になりました。お父さんにも」

「そうだったんですか」

「その後、あちこち転勤させられて、定年前にこちらへ戻って来たんです。前の杜氏だった木屋さんとは飲み仲間でして、秋田くんのことも江南酒造さんで働き始めた頃から知ってます」

「響さん。海老名さんは有名な方なんですよ」

全く違う業界から実家へ戻って来て三年。日本酒に関してはいまだ、秋田に言われるままのことをやるだけの響だ。海老名の名を聞くのも初めてで、失礼にならないようにするしかないなと神妙に頷いた。

よろしくお願いしますと深く頭を下げ、秋田と共に蔵へ先導する。蔵では事務所からやって来た中浦が、塚越と高階と共に待っていた。

鹿内から海老名を紹介された中浦たちは畏《かしこ》まった顔付きで挨拶し、秋田を手伝って呑み切りの準備をする。

そこへ「響さん」と呼ぶ三葉の声が聞こえた。

「お昼なんですが…」

蔵の入り口近くに立っていた響の背中に話しかけた三葉は、大きな身体のせいでその向こうが見えていなかった。まだ来ていないと思っていた客が既にいるのに気づき、慌てて「すみません」と詫《わ》びる。

「もういらしてたんですね…！」

「いいぞ。昼がどうした？」

準備は秋田たちがしているし、鹿内の相手は中浦がしている。腕組みして様子を見守っているだけだった響は手持ち無沙汰《ぶさた》にしていた。

「終わったら一緒に昼食を母屋でどうぞと、お客様に伝えるようにと…」

「妹さんがおられたんですか？」

聡子からの伝言を伝えていた三葉を見てそう尋ねたのは海老名だった。三葉はとんでもないと否定し、自分はただの奉公人だと答える。

「僭越《せんえつ》ながら江南家でご奉公させて頂いております三葉と申します…！」

「母が病気で入院しまして。もう退院したんですが、無理させない為に手伝いに来て貰ってるんです」

三葉の大げさな表現は誤解を招きかねないと、響は慌ててフォローする。海老名は「そうだったんですか」と驚いて、聡子の体調を気遣った。

「まだお若いはずですが、若奥さんも色々と大変だったでしょうから…」

「ありがとうございます。…三葉？」

海老名に礼を言った響は、三葉が自分の陰に隠れつつも、酒瓶の並んでいる机の方を首を伸ばしてじっと見ているのに気付いて声をかける。

秋田は三葉にも参加を勧めていたし、もうすぐ始まるだろうからこのまいたらどうだと響が声をかけると、三葉は嬉《うれ》しそうに目を輝かせた。

「いいんですか!?」

「早く飲めるようになるといいねぇ」

三葉を子供だと思って笑う海老名に、響はこそっと「成人してます」と教える。海老名は慌てて口元を押さえ、三葉に酒が好きなのかと尋ねた。

「はい。特に秋田さんのお酒は美味《おい》しくて好きです」

「確かにそうだね」

「お飲みになったんですか？」

海老名が過去に江南酒造の酒を飲んだことがあったとしても、秋田が杜氏《とうじ》として造った酒を飲んでいるとは思っていなかった。海老名は鹿内から是非と送られた酒を飲み、衝撃を受けて、呑み切りに誘って欲しいと頼んでいたのだと言う。

「秋田くんとは顔見知りだったし、木屋さんが目をかけていたのも知っていたけど、厳しい状況なのも分かっていたから期待はしてなかったんです。でも…飲んでびっくりしました。こんなことを蔵元さんに言うのは失礼でしょうが、かえってよかったんじゃないかと思ったくらいでした」

「……」

何がよかったのか海老名は具体的に言わなかったが、響には伝わって、何も言えなくなる。秋田の酒を美味しいと思って飲む人間にとっては、かつて江南酒造が歩もうとしていた道は、承服しがたいものだったろう。

複雑な心情を押し込め、響は秋田たちの用意が出来たようだからと、海老名に奥へ行くよう勧める。響も三葉と一緒にその後に続いた。

机の上に並んだ酒瓶の前には、鵲瑞《じゃくずい》の名が入った利き猪口が一つずつ置かれている。一般的なおちょこよりも大きな一合サイズで、一つずつに違う番号が書かれたものだ。それに酒を入れて香りや色、味の熟成度合いなどを確かめていく。

「大きなおちょこですね」

初めて見るサイズに驚く三葉に、海老名は利き猪口を持って、中を見るように促した。

「この…白いところで透明度を見て、青いところで光沢を見るんだよ」

「えっ。この二重丸って意味があったんですね？」

単なる模様だと思っていたと言う三葉を笑って、海老名は利き猪口に酒を注ぐ。ほら…と渡された利き猪口の中を三葉は真面目な顔で覗《のぞ》き込む。無言でいる三葉に、海老名はもう一つ、別の酒を注いだ利き猪口を見せた。

「これとこれでは…微妙に透明度が違うだろう」

「…本当だ…。比べてみると…こっちの方が…ちょっと黄色いような」

「同じ条件で造っても、タンクごとに熟成の度合いが違ったりするから、こうやって確かめることが必要なんだ」

三葉が海老名から説明を受けていると、秋田が近づいて来て用意されている酒の内容が書かれた表を配り、三葉には内容を説明する。

「三葉ちゃん、これに感想を書いてくれるかな。一番美味しかったお酒の番号も。響さんも、お願いします」

それぞれに表を渡し終えると、秋田は始めましょうと声をかけた。数字がたくさん書かれた表を難しそうに顔をしかめて見ている三葉に、海老名が利き酒のやり方は知っているかと尋ねる。

「いいえ。味見だと思ってたんですが、違うと言われました」

「味見…うん、確かに味見なんだけどね」

間違ってはいないと言い、海老名は手前にあった利き猪口《ちょこ》を手にした。

「この利き猪口に注いである酒を…こっちのスポイトで吸い取って、カップに入れて…味をみるんだ。口に含んだ酒はバケツに吐き出して…」

「吐き出す!?　お酒をですか？」

吐き出すと聞いた三葉は驚いて声を上げる。もったいないと真面目に言う三葉に海老名は苦笑を返した。

確認を必要としている酒は瓶詰めで貯蔵されているものも合わせて十五本を超える。口に含む程度の少量ずつとはいえ全部飲んでいたら酔っ払う。

「酔うとどうしても舌が鈍るからね」

「確かに…」

神妙に頷《うなず》く三葉の前で、海老名はお手本を見せた。プラカップに移した酒の色を見て、匂いを嗅《か》ぎ、口に含んで味を確かめ、バケツに吐き出す。番号を確かめて、秋田から渡された表に特徴をメモする海老名の顔は、さっきまでとは違い、真剣そのものだった。

三葉は戸惑いを覚え、一歩後ずさる。すると、背後にいた響にぶつかってしまい、バランスを崩したところを支えられた。

「っ…ごめんなさい…！」

「面食らってないで、お前もやってみろ」

響に勧められた三葉は頷き、海老名を真似てスポイトで酒を移す。鼻をくんくんさせ、口に含んですぐに。

「…！　美味しいです！」

「お前、飲んだだろ？」

吐き出すのを忘れて、ごくんと飲み込んで小さく叫んだ三葉に、響が突っ込む。あっ…と口を押さえて慌てても遅い。

「ど、どうしよう…すみません…！　美味しくて…つい…」

「今度は吐き出せよ。忘れないうちに感想書いて、次だ」

分かりましたと返事し、三葉は響から渡されたペンを受け取る。今飲んだ酒の番号を確認し、一覧表からその番号を探して、感想が書き込めるようになっている空欄に「おいしい」と書いた。

それを横から見ていた響は呆《あき》れて指摘する。

「それ、全部『おいしい』になるんじゃないのか」

「うっ…」

痛いところを突かれ、三葉は違う言葉を書こうとしたのだが、出て来ない。口で感想を伝えるのと、文字にするのとでは大きく違う。うぬぬ…とペンを持ったまま唸《うな》る三葉に、響はこっそり耳打ちした。

「な。味見って感じじゃないだろ？」

「は、はい」

呑《の》み切りをすると聞いて、響たちが神妙な表情になった意味が分かる。そっと振り返ると、塚越と高階が難しい顔で利き酒をしている姿が見えた。あれは自分と同じで「おいしい」以外の言葉が出て来なくて悩んでいるのではないか。

「それに『おいしい』しか書いてないと、どう『おいしい』のかを聞かれるぞ」

「秋田さんに？」

「あいつは普段は気さくで明るくて前向きで本当にいいやつだが、日本酒のことになると鬼になるんだ」

はっとして息を呑み、秋田を見れば、まさに鬼気迫る表情で利き猪口から直接匂いを嗅いでいた。どう美味しいのか。そう言えば、秋田の先輩が造ったという酒と秋田が造った酒を飲んだ時も、感想を求められた。

あの時も秋田は具体的にどうなのかを知りたがり、響たちは皆、「美味《うま》い」しか言わないと不服そうであった。

「鬼…」

「……」

折角、参加させて貰《もら》ったのに、これはまずい。三葉は慌てて、次の酒をスポイトで吸ってプラカップに移す。比較対象があれば、言葉が増えると思ったのに。

「…美味しい！」

「また飲んだな」

やっぱり美味しくて、吐き出すのを忘れてしまう。冷静な響の突っ込みに慌てて、おろしながら、三葉は「だって」と言い訳を口にした。

「本当に美味しくて…ちょこっとしか口に入って来ないのに、しあわせな美味しさがぶわっと広がるんです。この前飲んだお酒より…もっと美味しくて…こんなの、美味しいとしか言えません…！」

泣きそうに顔を歪《ゆが》めて訴える三葉の声は全員の耳に届いていた。塚越と高階はうんうんと頷き、三葉の意見に同意する。

「分かる。美味しいしかないよな」

「もしくは飲みやすい」

「それ同じな」

美味しいも飲みやすいも同義語だと言う響に、塚越たちはだったらどう言えばいいのかと突っかかる。どんぐりの背比べ的争いを繰り広げる響たちに対し、秋田、鹿内、海老名の三人は、黙々と酒を利き、評価をつけていた。

その集中力は語彙力と味覚に乏しい響たちの小競り合いを退ける。ひたすら利き酒を続けている様子を見て、三葉は自分も…と意を決した。

三つ目の利き猪口から移した酒を利く。今度こそ、忘れないように吐き出して、味を反《はん》芻《すう》した。三つ目もやっぱり美味しかったが、少し味が違っているように感じた。

「…これは…少し甘い気がします。甘いというか…丸いというか…」

ぶつぶつ呟《つぶや》きながら、番号を確認して感想を書き込んだ三葉は、表に記入されている数字に目を留めた。秋田から表を渡された時も、何が書いてあるのかよく分からなくて不思議だった。

番号の横には酒の種類があり、米の種類、精米歩合、酵母名、日本酒度、酸度、アミノ酸度…と項目が続いている。

「響さん。この…日本酒度って何ですか？」

　その中でも目を引いた「日本酒度」について、三葉は響に尋ねた。響は隣にいたし、三葉にとって質問しやすい相手だ。響はまずいことを聞かれたというように微《かす》かに眉を顰《ひそ》め、

「それはあれだ」ともごもごと答える。

「辛口とか甘口とか、分かるやつだ」

　ざっくりとしか答えられない響は自信なげだった。塚越たちと言い合いしていた時に比べたらかなり小さな声だったのに、秋田たちはぴくりと反応した。別々の場所から一斉に響へ視線を向け、異論を唱える。

「日本酒度っていうのは水をゼロとして、清酒の比重を換算した値のことで、日本酒度を使って計算する甘辛度や濃淡度なんて値もあったりするけど、そういう数値はあくまで参考で、甘口か辛口かを日本酒度から判断するのは難しいですよ。糖の含有量が多ければマイナスに傾きますけど、だからと言って『甘い』と感じるかは別の話だと思います」

「そうですね。プラスであっても匂いに左右される場合も多いですし、甘辛の判断はあくまでも官能によるものですから。酸度やアミノ酸度もかなり影響しますしね」

「日本酒度がマイナスだとしても酸度が高いと辛く感じられるしな。あくまで糖の比重を示す指標であって甘辛の判断材料とするのは軽々かもしれん」

　日本酒度では甘辛の判別はつかない。捲《まく》し立てるように説明し、うんうん頷きながら結

論付ける三人に、三葉は圧倒されて口を開けたまま頷く。響は諦《あきら》め顔で「だそうだ」と適当に話を纏《まと》めた。

何か聞きたいなら、俺じゃなくてあの三人に聞け。小声で指示された三葉は頷き、利き酒を続けた。書かれている数字の意味を理解するよりも、実際に味わって感じた方が早い。

そう考え、全部の酒を味わうと。

「これは…大変ですね？」

「だろう？」

朝食の席に、響が気が重そうな顔で現れた意味が分かる。味見なんて気軽なものじゃないと言ったのも無理はない。なるほどと頷きつつ、三葉は響たちと共に感想と順位を記入した表を秋田に提出した。

美味《おい》しいと感じた酒を三位まで順位付けるように、秋田から求められていた。下戸でもある中浦は参加していなかったので、三葉も入れて七人の評価は、ほぼ同じものだった。

「…ええと。皆さん、一位は同じでした。三番ですね。二位は四対三で五番、三位はその逆で二番です」

秋田が結果を発表すると拍手が起こる。そこへ聡子の声が聞こえて来た。

「三葉ちゃーん。三葉ちゃん、いるー？」

「あっ…！」

聡子に響への伝言を頼まれて来ただけだったのに、誘われるままに長居してしまっていた三葉は顔を青くする。「すみません！」と聡子に詫《わ》び、皆にもぺこぺこ頭を下げて、慌てて母屋へ戻って行った。

去り際、お昼の用意が出来たらお呼びしますと三葉が言い残していったので、響は鹿内と海老名に昼食の用意をしているので召し上がっていって下さいと伝えた。時刻は十一時近くになっており、中庭を照らす太陽も高く昇り、木々の影が色濃く模様を描いていた。

秋田と鹿内は酒の出来について話し合っていたので、響は塚越や高階と共に後片付けをする。バケツをまとめて洗いに行こうとすると、海老名から声をかけられた。

「今年もいい酒が出来てよかったですね」

「ありがとうございます」

礼を言い、響はバケツを蔵の外の水場へ運ぶ。海老名は響の後に続く。海老名が話をしたそうにしているのは響もずっと感じていた。

内容も想像がつき、だからこそ、逃げたいような気持ちもある。けれど、逃げ場はない。

袖《そで》を捲《まく》った響が蛇口を捻《ひね》ったところで、海老名は独り言のように話し出した。

「三造り目で、しかも、十分な人手もないのにこれだけの酒を造るというのは大変なことだと思います。秋田くんの頑張りと…手伝っている響くんたちとのチームワークがいいんでしょう。これは経験談なんですが、蔵の雰囲気がよくないと酒の味が尖《とが》るんですよね」

これまで数多《あまた》の酒蔵を見て来たであろう海老名の言葉には真実味がある。雰囲気が味に影響する。なるほど…と頷き、響はバケツを洗う。

「僕は木屋さんと親しかったんですが、正直なところ、彼の造る酒を特に美味いとは思ってなかったんです。木屋さんには怒られそうですが…彼も分かっていたと思います。響くんには気分の悪い話かもしれませんが、特に…お祖父《じい》さんからお父さんに代が替わってからは味が落ちました」

「……」

はっきりと断言する海老名になんて返せばいいか分からず、響は無言で蛇口を閉めた。昔話をされても当時のことは全く知らないから返答に困る。

「すみませんが、俺は…」

「まあ、ちょっと聞いて下さい」

響の立場はよく分かっていると言いたげに、海老名は言葉を遮った。困惑を浮かべる響に話を続ける。

「清酒の消費量が減っていく中で、会社としての江南酒造を存続させていく為には、効率を求めるのは当然だというお父さんの考えも理解出来ましたが、僕は寂しく思っていました。時代の流れで済ませてしまうには、江南酒造の歴史は長すぎる。恵まれた仕込み水も、同じ水系で作られる米も、今の時代本当に貴重です。何とかならないものかと思ってる内に、お父さんが亡くなられ、お兄さんが跡を継がれた…」

響が小さく息を吐いたのに気づき、海老名は間を置く。兄が継いだ後、どういう道を歩んだか、響はよく分かっている。その結果、ここにいるのだ。

かえってよかったんじゃないかと思った。海老名のあの言葉には、兄が経営者として残っていたら、いずれ酒造りをやめていた可能性は高く、秋田も江南酒造を離れていただろうからという意味が込められていた。

「…僕は江南酒造さんに思い入れがありますから、厳しい状況であっても、秋田くんがここで酒造りを続けてくれてよかったと思います。彼が続けられたのは響くんや若奥さんや、残ったスタッフのお陰ですが」

結果として、江南酒造にとってはよかったと言う海老名に、響はすぐに反応を返せなかった。当事者には残酷な内容だ。

それでも、立場を忘れるわけにはいかないと、「そうですね」と相槌《あいづち》を打った。

四角四面な物言いから感情は見えない。海老名は響をじっと見て、「響くんは」と聞いた。

「えっ…」

「どういうつもりなんですか？」

「江南酒造を自分がやっていくつもりなのか、お兄さんが戻って来るのを待っているだけのつもりなのか」

「……」

海老名の質問は核心を突いたもので、響は答えられなかった。息を止めて海老名を見つめ、どう答えるべきか考える。

さっきは自分が置かれた立場を思い出し、相槌を打った。今の自分は蔵元として見られているという自覚はある。だから、返事も出来たが、海老名が示した二択はどちらも選びかねるものだった。

それでも、天秤《てんびん》に掛ければ…。

「……」

後者です。そんな答えを口にしかけて飲み込む。嘘《うそ》だとしても、聡子の為にも、自分がやっていくと言わなくてはいけないのではないか。

しかし、迷いが出て、固まったままでいると、海老名が諭すように言った。

「秋田くんがどれだけ美味い酒を造っても、売れなければ意味がありません。響くんに思うところがあるのも分かります。だが、今は秋田くんの努力に応《こた》えるべきだ。そう思いませんか？」

それは分かってる。今度はすぐに頷《うなず》き、「思っています」と返した。海老名は響の声を聞いてほっとしたように表情を緩める。

「ただ……」

「ただ？」

「酒を売るのは難しいです」

真面目な顔で本音を口にする響に、海老名は腕組みをして「確かに」と頷いた。アルコールの国内消費量は減少傾向にあるものの、大きく減ってはいない。しかし、その中で日本酒の売上高の減少幅は大きく、ピーク時の三分の一以下となっているのが現実だ。

その上、江南酒造ならではの問題もある。突破口が見つかればいいんですが…と懸念する海老名に「努力します」と返し、響は再びバケツを洗い始めた。

利き酒に使った用具を片付け終えたところで、三葉が昼の用意が出来たと呼びに来た。皆で母屋へ移動すると、玄関先で出迎えた聡子が、海老名を見て声を上げた。

「まあ、海老名先生！　ご無沙汰《ぶさた》してます！　さっき、いらっしゃいました？　気付かずにすみませんでした。お元気そうで…よかったですー」

「こちらこそ、ご無沙汰しております。入院されたという話を聞きましたが、体調は如何《いかが》ですか？」

「すっかり元気になりました。お気遣いありがとうございます。ああ、よかったー。いえ、うなぎの出前を取ったんですが、響がいるからと思って一つ余分に取っておいたので…よかったー」

一人分足りなくなるところだったと慌てつつ、ほっとし、聡子は一同を座敷へ案内する。いつも昼食で使っている座敷の奥も襖《ふすま》が開け放たれ、上等な輪島《わじま》塗りの座卓が客用に用意されていた。

既にお重やお椀《わん》が並べられていたが、海老名は食事の前に仏壇に参りたいと申し出た。聡子は礼を言い、仏間へ案内する。環《たまき》の失踪《しっそう》直後に転勤して来た鹿内は先代や先々代と面識はないが、海老名には古いつき合いがある。

先祖代々の位牌《いはい》が祀《まつ》られている立派な仏壇に手を合わせた海老名に、聡子は「ありがとうございます」と頭を下げた。

「海老名先生はもう定年になられたんですよね。来て頂けるとは思っておらず…驚きました」

「連絡もせず、すみません。鹿内から秋田くんの酒を貰《もら》いまして。今年の呑《の》み切りに行くなら声をかけてくれと頼んであったんです」

「そうだったんですか。…秋田くんが本当に頑張ってくれているので…有り難いです」

笑みを浮かべて言い、聡子は海老名と共に座敷へ戻る。座敷では若手組と年長組が二つの座卓に分かれて席に着き、神妙な顔付きで聡子たちを待っていた。

「先に始めててよかったのに」

「そういうわけにはいかないだろ」

座ると同時にお重の蓋《ふた》を取ろうとした響たちを制したのは中浦だった。聡子と海老名が席に加わると、中浦は響に挨拶《あいさつ》するよう求める。

響はこほんと咳払《せきばら》いし、背後へ向き直って客である鹿内と海老名に頭を下げた。

「鹿内さん、海老名さん、本日はおいで下さりありがとうございました。初呑み切りが無事に終わってよかったです。では」

頂きます。短い挨拶を終えて、響は早速箸《はし》を取る。各人の席には黒い重箱と汁椀、香の物の小皿が置かれている。先に重箱の蓋を開けた塚越と高階は、「おおっ」と声を上げた。

内側が朱塗りの四角いお重の中には、つやつやの鰻《うなぎ》がぎっしり敷き詰められている。贅《ぜい》沢《たく》にも一匹半の鰻が使われている、二段重ねの特上だ。

「うなぎ……！　一年ぶりだな！　元気だったか」

「美味そう〜。うなぎ……」

滅多に食べられない鰻重《うなじゅう》に興奮し、勢いよく食べ始める塚越たちとは違い、同じ座卓についた三葉は、神妙な顔付きでお重の中を見つめていた。隣に座った響が「どうした？」と聞くと、三葉は鰻を食べたことがないのだと告白する。

「この長いのが…鰻ですか？」

「ああ。美味《うま》いぞ」

「でも…なんか、焦げてませんか？」

心配そうに小声で聞いて来る三葉に笑って、響はこういうものだからとにかく食ってみろと勧めた。三葉は恐る恐るご飯の上に載っている鰻を一切れ箸で持ち上げる。

平べったい。それに裏側は真っ黒だ。これは魚なのかと確認する三葉の顔はものすごく疑わしげなものだった。

「魚だよ。細長い…蛇みたいな魚で」

「蛇なんですか!?」

「形が似てるってだけだ。穴子みたい…って言っても分からないよな。とにかく、美味いから食ってみろ」

「三葉。食えそうにないならあたしが食ってやるよ」

向かいに座った塚越がにやりと笑って人の悪いことを言うのを、響はしかめっ面で窘《たしな》める。子供を騙《だま》しているようでたちが悪い。食べてみて口に合わないなら、無理はしなくていいと言う響に頷き、三葉は思い切って鰻に噛り付いた。

「……!?……!　これは…！」

「美味いだろ？」

目をまん丸に見開き、きらきらと輝かせて、三葉は何度も頷く。香ばしく焼けた鰻と、甘みの強い醬油《しょうゆ》だれが絶妙にマッチしている。皮はぱりっとしているのに身はふっくらして、適度に脂がのっている。魚には思えないが、明らかに肉ではない。

これが鰻…。感動してもぐもぐ頰張る三葉の顔からは、先ほどまで浮かんでいた怪訝《けげん》な表情が消えている。怪訝どころか天にも昇るようなうっとりした顔つきは、一口で鰻の虜《とりこ》になったと物語っている。

「鰻…美味《おい》しいですねえ…」

「だろ」

うっとり呟《つぶや》く三葉に頷き、響はお重を摑《つか》んでがつがつ食べ進める。鰻の美味しさに感動している三葉を見て、隣の座卓で聡子はにこにこと微笑《ほほえ》んだ。

「三葉ちゃん、鰻、初めてだったのね。口に合ってよかったわ。先生方には申し訳ないですけれど…」

同じ座卓を囲んでいる鹿内と海老名に聡子が詫《わ》びるのには理由があった。

酒蔵によっては初呑み切りに酒販店や得意客を招き、料亭などで食事を振る舞ったりもする。江南酒造でも先々代の頃には鵠温泉の旅館で宴席を設けていた。海老名はその時代を知っているだろうから、鰻重であっても店屋物で済ませることを物足りなく思っているのではないか。

そんな考えで恐縮する聡子に、海老名はとんでもないと首を振る。

「篠田《しのだ》屋さんの鰻重なんて、滅多に頂けませんから」

「そうですよ、奥さん。鰻重、最高です。来年も鰻重で」

「俺も鰻重がいいです」

「俺はダブルで」

一つじゃ足りないと言う響は、あっという間にお重を空にしていた。そんなことだろうと思い、聡子は響の為に二つ頼んでいたのだが、予定外の来客に回してしまった。

肝吸いも一気に飲み干してしまい、香の物をバリバリ食べる響に、三葉は意を決して自分のお重を差しだそうとする。

「響さん…み、三葉の…食べます…か？」

「そんな泣きそうな顔で勧めるなよ」

「三葉ちゃん、甘やかさなくていいから。響はお重にご飯入れて来なさい」

聡子の勧めを良《い》い案だと喜び、響は立ち上がって台所へ向かった。白ご飯を山盛りに詰めたお重を持ち帰り、「鰻の気配だけで食える」と言ってかき込む響を、皆が来年もおかわりは白ご飯でいいんじゃないかと呆《あき》れた目で見る。

響が二杯目のおかわりに立ち上がろうとした時、「そういえば」と三葉が背中合わせに座っていた秋田に尋ねた。

「今日、順位をつけたのは何か意味があるんですか？」

鹿内や海老名との話があるので、秋田はシニアチームの座卓の方にいた。振り返って聞く三葉に、秋田が答える。

「いや、皆、美味しいしか言わないからさ。順位つけて貰った方が分かりやすいっていうのもあるんだけど…今回は一番美味しかったのを特別に売り出してみようかと思って。花火大会もあるしね」

「花火って…」

「鵲市主催のお祭りで、毎年、七月の終わり頃に七洞川《ななほら》沿いで花火を上げるんだ」

花火大会当日は七洞川の堤防沿いの道路は歩行者天国になり、夜店が並ぶ。地元の名産品を販売する特設ブースもあって、江南酒造も毎年出店している。市内だけでなく、近辺から多くの見物客が訪れるので、宣伝効果も狙えるのだ。

「それは素晴らしいですね！　秋田さんのお酒、美味しいって知って貰えますね！」

「いやいや、三葉。そんな簡単なものじゃねえって」

期待に満ちた顔付きで言う三葉に、塚越が現実を教える。

「花火見に来てるような奴らに日本酒売るって、ハードル高いよ。そもそも暑い時に日本酒って、飲もうと思わないじゃん？」

「楓ちゃん。希望を打ち砕くようなこと言わないで」

「変に希望持たせても振り幅大きいかと思って」

現実を教えたまでだと開き直る塚越に、神妙な顔で同意したのは経理担当の中浦だった。

「確かに…花火大会は出店費用もバカになりませんし…。新しくラベルを作るとなると経費もかかりますし…費用対効果を考えると…」

「手作りしますから…お願いします…!」

「三葉も手伝います!」

渋い表情の中浦に必死で頼む秋田に、三葉も同調する。美味しい酒なんだから売れるはず。純粋にそう信じている様子の三葉を、二年続けて打ちのめされた面々は、半笑いで見つめていた。


そもそも夏の暑さは日本酒にとって難敵だ。空調設備などを調えることが可能になった現代において、製造現場での苦労は昔ほどではなくなったが、販売となると訳が違う。

アルコール度数が高い日本酒は、飲むと体温が上がる。冬はぽかぽかになると喜ばれても、夏は敬遠される。売り上げが下がる夏場の販売量をどのように確保するかは、蔵元や酒販店にとっての課題だった。

その為、味はもちろんボトルやラベルを工夫した夏向きの酒が、「夏酒」として出荷されるようになって来た。江南酒造では販売したことはないが、知って貰うには切り口を変えてみるのも一手じゃないかというのが、秋田の考えだった。

「今のうちは仕込み量も少ないですし、酒米や酵母で味にバリエーションを持たせるってことも出来ないので…難しいと思っていたんですが、夏酒に定義はないんだから自由に名乗っていいんじゃないかと、鹿内さんから勧められたのもありまして」

呑み切り後の昼食会が終わると、タクシーで帰って行く鹿内と海老名を皆で見送った。

夕方、仕事を終えためいめいが帰宅する中、秋田は響と中庭に椅子を出して飲み始めた。呑み切り用にタンクから抜いた酒が残っているから、もう一度味わってみないかという誘いを響が断るはずもない。

「夏酒か。いいんじゃないか。海老名さんも褒めてたぞ。ろくな蔵人もいないのにこれだけの酒を造れるのは偉いって」

「俺だけじゃ出来ませんよ。楓ちゃんも海斗も頑張ってくれるし…響さんだって、すごい働いてくれるじゃないですか」

「俺はお前に言われることをやってるだけだし…。俺がやるべき、本当の仕事は出来てないからな」

「仕事って…」

何のことかと不思議そうな顔になる秋田に、響は肩を竦《すく》めて、ぐい呑みに残っている酒を飲み干す。しみじみ美味いと味わってから、海老名に諭されたのだと告白した。

「秋田がどれだけ美味い酒を造っても売れなきゃ意味がないって、秋田の努力に応《こた》えるべきだって」

「それは…俺も努力が足りなくて…」

「何言ってんだ」

杜氏《とうじ》である秋田にこれ以上は求められない。蔵元として、責任がある。

そう、声に出して言えないところにも。

「何とかして売らなきゃいけないんだが…」

「以前とは造りが変わって、味の傾向も変わってるって知って貰《もら》える機会があればいいんですが。宣伝効果という意味では、やっぱり山崎《やまざき》さんとの取引をやめてしまったのが…」

痛いですと呟き、秋田はぐい呑《の》みに注いだ酒を飲む。

秋田の言う「山崎さん」というのは、日本酒を中心に取り扱っている大手酒販店、山崎酒店のことだ。有名な酒蔵とも多数取引があり、消費者からの信頼も厚い。山崎酒店の店頭に並べて貰えるというだけで宣伝になるくらいだ。

江南酒造は山崎酒店と古くから取引があり、先代になって造りの方向性が変わってからも、続いていた。それを一方的に打ち切ったのは、響の兄で失踪《しっそう》した環だ。

「なんでそんなことするかなあって腹立ったけど、俺も木屋さんも言えなかったんですよね。…あ、すみません」

「いや」

悪口を向けた相手が響の兄であるのを思い出し、秋田は慌てて詫びる。響は苦笑して首を振り、「山崎酒店か」と口にした。

「もう一度、頼みに行ってみようかな」

「やめた方がいいです。中浦さんが行って、討ち死にして来ました」

「そうなのか？」

「聞いてませんか？」

ああ…と答え、響は秋田のぐい呑みに酒を注いだ。秋田は返杯しながら、中浦は響を気遣ったのかもしれないと言う。

「中浦さんはうちに来てから業界のことを色々勉強して、山崎酒店が他の酒販店にも影響力があると知って頼みに行ったんです。でも…けちょんけちょんに言われたみたいで…。響さんに言わなかったのは…たぶん、社長のことを…その…」

「けちょんけちょんに？」

「…だと思います」

山崎酒店側にしてみれば、味の落ちた酒を長いつき合いがあるからと温情で扱っていたのに、相手の方から取引を断られるというのは、心外な出来事だったのだろう。無礼を働いた当人の弟が行ったところで、門前払いにされるのがオチかもしれない。

そうか…と頷《うなず》き、響はぐい呑みに注がれた酒を飲む。口当たりが柔らかく、すうっと身体に染み込んでいく酒だ。昨年よりも更に味が洗練されたようにも感じられる。

美味《うま》いのになあ。心中で呟き、海老名の言葉を思い出す。どういうつもりなのかと聞かれて、答えられなかったのが、悔いになって残っている。

兄が失踪したのを響に知らせたのは中浦だった。

突然、東京の勤め先を訪ねて来た初対面の男から聞かされた話は、響にとって衝撃的な内容で、まともに言葉が返せなかった。父が亡くなった後、江南酒造を継いだ兄は、順調に事業を拡張して成功しているものだとばかり思っていた。

江南酒造と取引のある銀行に勤めていた中浦は、江南酒造を立て直す為に銀行を辞めて転職するつもりだと言った。どうしてと理由を聞いた響に、直接担当していたわけではないが、債務超過に陥るまで見過ごしてしまっていた責任を感じているのだと話した。

しかし、実際のところは幼馴染《おさななじ》みだった中浦を、聡子が頼ったのだった。響を呼び戻した方がいいと勧める中浦に、聡子は窮状を知らせるつもりはないと返した。聡子に隠れて響を訪ねた中浦は、必死な顔付きで訴えた。

聡子一人では無理だ。響くんしか頼れる相手はいない。このままでは江南酒造は潰《つぶ》れてしまう。

そんな中浦の言葉に動かされ、響は帰る覚悟を決めた。

だが、それは「兄が戻るまで母を支える」という覚悟であって、「兄の代わりに江南酒造を継ぐ」というものではなかった。兄はいずれ戻って来ると信じていて、それまでの間、繋《つな》ぐ役割を担うだけのつもりだった。

酒蔵で生まれ育ったと言っても、跡取りとして育てられた兄とは違い、響はいつも蚊帳《かや》の外だった。亡くなるまで家の実権を握っていた祖母が殊更に兄を可愛がり、響を嫌ったせいもある。

中学を卒業すると、寮のある高校にラグビー推薦で進学した。大学も同様で、トップリーグでの活躍も目指せそうだったが、怪我で諦《あきら》めざるを得なくなった。卒業後はOBから誘いを受けた会社に就職した。

建設機器メーカーの営業職と、社会人ラグビーチームの手伝いに明け暮れる毎日はそれなりに楽しかった。ラグビーに費やした日々は響の財産となって人生を助けてくれた。

だから。

「お前は偉いなあ」

突然、声を上げた響を、秋田は不思議そうに見る。

「は？　何ですか。突然」

「ちゃんと成長してて。去年よりも美味《おい》しいし、きっと来年はもっと美味しいんだろう」

「いや、それは分かりませんよ。偶々《たまたま》うまくいっただけかもしれないし…失敗するかもしれないし…」

絶対はない…と真面目な顔で言う秋田に、響は「大丈夫だ」と返す。秋田なら、きっと大丈夫だ。

中浦に請われる形で帰って来たはいいが、酒造りのことは何も分からず、経営に関してもさっぱりだった。秋田と中浦がいなければ江南酒造はとっくに潰れていただろう。

逆に言えば、秋田と中浦がいればいいのではないか。

そんな思いを心の奥に持ちながら、もう一つ、兄が帰るまでだという言い訳も用意して、言われることだけをやって来た。

仕込みの手伝いをして、酒販店や銀行について行って。でも、一番肝心なことは出来ていなかった。

この三年。自分は「ここにいた」だけなのではないか。

秋田はより美味い酒を造ろうとして、勉強し、研鑽《けんさん》を積んで来た。中浦は少しでも財務状況をよくしようと、節約し、販売先や仕入れ先や銀行に頭を下げて来た。

自分は？

難しい問いかけを心の内で投げかけた時、「響さん！」と呼ぶ声が聞こえた。「ここだ」と答えると、植木の陰から三葉がひょっこり姿を見せる。

「ここにいらしたんですか。奥様がこれを」

どうせ飲んでいるだろうからつまみを持って行ってやってくれと、聡子から使いに出された三葉は、両手でお盆を掲げていた。板わさ、白和《しらあ》え、焼き海苔《のり》。小皿に盛り付けられたつまみを見て、二人は大喜びする。

「ちょうど小腹が空《す》いたところだったんだ」

「三葉ちゃんも飲んでいきなよ」

「いいんですか？」

もちろんだと頷き、秋田は三葉のためにぐい呑みを用意する。響は三葉に椅子を譲り、自分は庭石の上に座った。遠慮する三葉を強引に座らせ、厚切りにした上等なかまぼこに、わさびを載せた板わさを手で摘まむ。醤油《しょうゆ》を少しつけて口に放り込み、もぐもぐと咀嚼《そしゃく》した。

「すみません。頂きます…、…うん、美味しいです！」

三葉は恐縮しつつも、ぐい呑みに注がれた酒をくいっと飲みきり、嬉《うれ》しそうに頬を緩ませる。呑み切りの時は吐き出せと言われたし、感想を真剣に考えていたので、自由に味わうことは出来なかった。

改めて飲んだ酒は幸福を味にしたような美味しさで、三葉は空のぐい呑みを握りしめてしみじみ呟《つぶや》く。

「やっぱりこの美味しさをたくさんの人に知ってもらうべきです！」

「だよな」

「そうですかね。いや、嬉しいな…」

照れ笑いを浮かべながら、秋田は三葉のぐい呑みを新しい酒で満たす。三葉はくんくんと鼻を鳴らして酒の匂いを嗅《か》ぎ、うっとりした表情を浮かべた。

「匂いもとてもいいですよね。ふっくらとしたお餅《もち》に包まれてるみたいです」

「お餅？」

「…つまり、しあわせなんだな？」

独特な表現に首を傾げる秋田の隣で、響が確認した一言に、三葉は大きく頷く。お団子を揺らして酒を飲み、これが花火大会で売るお酒なのかと聞いた。

「そのつもりだよ。夏酒らしく、すっきりした風味もあるし、いいんじゃないかと」

「素晴らしいです。絶対、売れますよ。ね、響さん」

強い調子で「絶対」と口にする三葉に、響はすぐに同意出来なかった。秋田の酒を売りたいという気持ちは大きい。それが自分の仕事だという思いも。

けれど、去年の花火大会でのことを思い出すと、めげそうになるという本音もある。塚越も言っていたように、「簡単なものじゃない」のだ。

「そうだな。花火大会では…難しいかもしれないが…」

「どうしてですか？　楓さんが言ってたみたいな理由ですか？」

「まあ…そんなとこだな」

「でも、たくさんの人に宣伝出来るチャンスじゃないですか。頑張りましょう！」

目をきらきらさせてチャンスだと言う三葉は、根拠のない前向きさに溢《あふ》れていた。その顔を見ていたら、遙《はる》か昔の思い出が蘇《よみがえ》った。

高校に入ったばかりの頃。インターハイ出場をかけた県大会の二戦目でライバル校と当たった。事実上の決勝戦と目される試合なのに、主力だった複数の三年が怪我で欠場することになり、チーム内には絶望論が唱えられ出した。

その時、やってみなければ分からないと声を上げたのは、状況をよく分かっていなかった響たち一年だった。悲観的な上級生を粘り強く励まし、結果として主力を欠いたチームでライバル校を倒し、勝ち上がってインターハイ出場を成し遂げた。

言うは易《やす》く行うは難し。けれど、言うのもまた、勇気がいるものだ。

「そうだな。やってみなきゃ分からないし、無理だと諦めるのは簡単だ」

そして、俺がやらなきゃいけない。響は自分自身に言い聞かせ、にやりと笑って三葉のお団子をぽんぽんと叩《たた》く。「そうだよな」と繰り返す響を、三葉は不思議そうに見ながら、お団子を両手で支えた。

「ひびき…さん。あんまり触ると崩れますから」

「ああ、悪い」

「そうだ。前に三葉ちゃんと一緒にスーパー行ったじゃないですか。あの時貰《もら》った福引きの抽選結果が出てたって…楓ちゃんが言ってたんですよね」

三葉と響の顔を見ていたら思い出したと言い、秋田は財布を取り出す。抽選券は響も貰っていて、財布に入れっぱなしになっていた。スマホのサイトに当選番号が発表されているらしいと言い、検索する秋田に自分のもついでに見てくれと言って、くたくたになった抽選券を渡す。

「どうせ当たってないだろうが参加賞的なものはないのか」

「福引きなんだから参加はしてないでしょ」

「大丈夫。当たってますよ」

運動会なんかとは違うと言う秋田に、三葉はにこにこ笑って請け負う。抽選券は秋田が一枚、響が九枚持っていたので、全部で十枚。

一番当選数の多い七等のキッチンペーパーが一枚でも当たっていたらいいよね。そんなことを呟きながらスマホと抽選券を見比べていた秋田は、ふいにフリーズした。

「どうした？」

目を見開き、抽選券とスマホの画面を何度も見比べてから、響に抽選券を渡す。

「番号を読みますから、確認して下さい」

「お、おう」

真剣な秋田に気圧《けお》されるように頷き、響は抽選券の番号を見る。

「一等…108117」

「ええと…1081171…!!　当たってるじゃないか！　これ、一等だぞ！」

やったな！　と喜ぶ響に、秋田は真面目な顔のままで次の抽選券を見るように促す。響は怪訝《けげん》そうに一等の抽選券を大事そうに横へ置いて、次を見た。

「二等…141881」

「え？」

「その次も見て下さい。二等は三本あるんです。…179815」

「……」

「その次も見て下さいよ。101839」

「おいおい。これどうなってんだ？」

一等が当たったという喜びは、続けて二等が三本とも当たったという驚きにかき消される。驚きというより、怖くなって来て、響と秋田は顔を見合わせた。

「なんかの間違いなんじゃないのか」

「どう間違うっていうんです？」

「不正…しようがないが…疑われるぞ」

その可能性は濃い…と同意し、残りの六枚を確認する。もしかしたら…という恐れが当たり、その六枚は全て三等のお買い物券が当たっていた。

十枚ある抽選券が全て当たっている…しかも、一等から順に当たっているというのはあり得ないのではないか。外れくじもあるのだから、一番下等の七等が全部当たっていたとしても、ものすごい確率なのに。

おかしい…と首を捻《ひね》る二人に、三葉はにこにこしながら「当たってよかったです」と言って、空のぐい呑《の》みに酒を注ぐ。響と秋田が当たり過ぎの抽選券に恐怖を感じている間に、三葉は手酌で酒を飲み続けていて、白い頬はほんのり染まっていた。

満面の笑みで「よかったです」と言う三葉を見ていると、気が抜けて「そうだな」と相《あい》槌《づち》が打ちたくなる。

「まあ、あれだ。なんかいいことが起こる前触れなんじゃないか」

「マジで言ってます？」

「マジですよ。安心して下さい。三葉がきっといいこと、起こしますから！」

「三葉ちゃんは酔ってるよね？」

二人ともあてにならないなあとぼやく秋田に、三葉は酒瓶を持って「美味しいですよ」とおかわりを勧める。苦笑して杯を受けた秋田は、大きな声で「売れますように！」と夏の空に向かって祈りを捧《ささ》げた。

七月最終週の土曜日。年に一度の花火大会を楽しみにする鵲市民の願いが天に届き、前の週から続いていた長雨が上がって、風もない絶好の花火日和となった。

花火大会には市の人口を超える観客が押し寄せる為、駅前から七洞川へ向かう道路は通行止めになるし、迂回《うかい》路を走る臨時バスも出る。町中がてんてこ舞いとなる祭り当日。江南酒造でも朝から出店の準備に追われていた。

「おーい。荷物ってこれだけでいいのかー？　積むぞー」

貯蔵蔵の前に軽トラを停め、中にいるはずの秋田に声をかけながら、響は高階と一緒に四合瓶が入った段ボール箱を荷台に積んでいく。響の声を聞いて出て来た秋田は段ボール箱を抱えており、これで最後だと伝えた。

「じゃ、行くか。駐車出来る場所が限られてるから…海斗は三葉と楓の車に乗って来い。母さんと中浦さんは商工会の役で、花火大会の手伝いに出てるから、もういないぞ」

「了解です。俺たちで戸締まりしておきます。…って、そう言えば、楓さんって何処《どこ》行ったんですかね？」

「三葉を呼びに行くって言ってたから、母屋じゃないか。じゃ、先に行くな」

役場の担当者を待たせているからと、響は秋田と共に軽トラに乗り込む。先に出て行く軽トラを見送ってから、高階は母屋へ向かった。玄関へ回るのが面倒で、縁側から「楓さーん」と呼びかけてみるが、返事はない。

「おかしいな。母屋にいるって…三葉ちゃーん」

ぶつぶつ呟きながら、高階は靴を脱いで縁側へ上がる。廊下を回って台所の方へ向かおうとすると、奥の座敷から話し声が聞こえた。

こっちかと思って方向を変え、「楓さん」と声をかける。

「響さんたち、もう出発しました…」

「おう。こっちも用意出来たぞ」

「……」

座敷で何の用意を…と不思議に思いつつ覗《のぞ》くと、浴衣《ゆかた》姿の三葉が恥ずかしそうに立っていた。いつも三葉は頭の上にお団子を結っているのだが、それに可愛らしいリボンが結ばれ、金魚の髪飾りがついている。

「どうだ。可愛いだろう?」

「ええ…可愛いですけど…」

どうしてと困惑する高階に、塚越は分かってないなと舌打ちする。

「売り子が可愛かったら酒が売れるかもしれないだろ」

「頑張ります!」

自分が手伝えることなら何でもやると、張り切って言う三葉に、塚越は満足そうだ。高階も愛想のよい三葉が可愛い格好で売り子をやるのには賛成ではあったが。

「…あの…楓さんは浴衣着ないんですか？」

一緒に売り子をやるはずの塚越は浴衣ではなく、甚平を着ている。黒地に花火の柄が入った華やかなもので、とても似合ってはいるが、いかんせん塚越の金髪もあわせてヤンキー臭が大変強い。

「ただでさえクソ暑いってのにこんなきつそうなもん、着られるかよ。だりい」

「そんなことないですよ。浴衣は涼しいですし」

「お前は着慣れてるからそう思うんだよ」

今はすっかりジャージ生活だが、元々は着物しか持っていなかった三葉だ。塚越は帯を締めるなんて冗談じゃないと言い、高階と三葉に戸締まりをするよう指示する。花火大会が終わるまで、誰も帰って来ない予定なので、あちこちを閉めて回り、駐車場へ向かった。

三人で塚越の車に乗り込み、七洞川へ向かう。堤防沿いの道路は朝から通行が規制され、様々な屋台の準備が行われていた。河川敷に設けられた駐車場へは特別な許可証を持っていないと入れないことになっている。

「あっついのに、もう場所取りしてんなあ」

塚越は中浦から貰った駐車許可証をフロントガラス越しに見える位置に置き、警備員のいるゲートを抜ける。花火大会が始まるのは午後七時なのに、七洞川の河原には帽子や日傘、タオルなどで日よけ対策をして座り込んでいる観客がいた。

ベストポジションで花火を見ようと、場所取り用に置いた椅子やクーラーボックスなどもたくさん並んでいる。風が吹いて飛ばされる可能性のあるシートなどは禁止されているからだ。

歩行者専用になっている道をのろのろ走り、駐車場へ車を停める。助手席から降り立った三葉は、まだ明るいのに待っている人がいるというのに驚きの声を上げた。

「こんなに広いんだから、夕方に来ればよくないですか？」

「何言ってんだ。この辺りはベスポジだから、夕方に来たってぎゅうぎゅう詰めで座るとこなんかないぞ」

「えっ？　ここがぎゅうぎゅう詰めになるんですか？」

「七洞川の花火大会は有名だから、何万人も来るんだよ」

「だったら、お酒もたくさん売れますね！」

「……」

観客が多い＝たくさん売れる。そんな簡単な図式を頭に描いたらしい三葉がぱっと顔を輝かせるのを見て、塚越と高階は無言になる。

駐車場から堤防上の道へ続く坂を上りながら、塚越は三葉に忠告した。

「そりゃ、あたしたちも売れるといいなとは思ってるけど、あんま期待するな」

塚越は呑み切りの時も消極的な物言いをしていた。花火を見に来るような客は日本酒を買わない。暑い時に日本酒を飲もうとは思わない。

後ろ向きな意見を繰り返す塚越に、三葉は「でも」と反論する。

「高階さんが作ったラベル、すごく素敵でしたし、三葉も手伝って丁寧に貼りましたから！」

花火大会に向けて夏酒を出すと決めた秋田は、高階に新たなラベルの作成を指示した。予算がないから社内でなんとかするしかなく、パソコンを得意とし、ちょっとしたイラストなども描ける高階に白羽の矢が立てられたのだ。

高階が昔からの鵲瑞《じゃくずい》のマークをアレンジしつつ、涼しげな色合いでデザインしたラベルは、江南酒造内では好評だった。印刷したそれを、三葉も手伝って瓶詰めされた日本酒に皆で一本ずつ手貼りした。

「うん、まあ、古くさいうちの酒にしてはよく出来たデザインなのは認めるよ」

「他の酒造メーカーさんが出してる夏酒を見たら、何処もお洒落《しゃれ》なんですよ。比べられると全然かなわないとは思いますけど」

謙遜《けんそん》する高階に、三葉は「そんなことないです」と断言する。

「楓さんが三葉の頭に金魚をつけてくれたのも、たくさんお酒を売る為でしょう?」

「そうなんだが…。…へこむなよ?」

現実を知っても、三葉はこのやる気を保てるだろうか。去年と一昨年《おととし》、花火大会の出店を手伝った塚越と高階は、厳しい現実を身を以《もっ》て知っていた。

鵲駅から七洞川沿いの花火大会会場までは四キロほどある。臨時バスも出るが、歩行者専用となる道を迂回するし、渋滞も発生するので時間が読めず、歩いた方が早い。よって、駅から会場まで、ぞろぞろと行列が続くことになる。

花火大会が始まるのは午後七時で、三時を過ぎた頃から人出が格段に増える。花火の前に、道沿いにずらりと並ぶ屋台を楽しむのがお約束となっているからだ。

焼きそばやたこ焼き、唐揚げにかき氷…ヨーヨー釣りに金魚すくい、射的にさめ釣りとあらゆる種類の屋台が出ていて、目移りする。

江南酒造の出店は七洞川にかかる橋の手前から堤防道路へ入ってすぐ…地元商工会のブースにある。江南酒造の他にも、地元の和菓子店や漬け物店などが出店しているが、何処もつき合いで顔を出しているだけで売る気はほぼない。

花火と屋台を目的で来ている観客たちに振り向いて貰《もら》うのは、至難の業である。地元では知名度も売り上げも安定している店が、花火大会でまんじゅうや漬け物を無理して売らずともと考えるのも当然だった。

三人は出店に到着すると、先に荷物を搬入していた響と秋田を手伝い、白いテント内に用意された机に酒の見本を並べた。店としての体裁が整うと、売り子として塚越と三葉が前に座る。その背後に響と秋田、高階の三人が手伝いとして控えた。

店の前は人通りが途絶えない。これだけ人がいれば、すぐに売れるだろうと三葉はわくわくしていたのだが。

「……」

いつ、誰から「これを下さい」と言われるだろうと、笑みを絶やさずに待ち構えていた三葉の表情は、十分経ち、三十分が過ぎ、一時間経過する頃には、すっかり曇ってしまっていた。

「楓さん…どうして誰も見てくれないんでしょうか…?」

「だから期待するなって言ったろ」

力ない声で聞く三葉に、塚越はつまらなそうな顔で返す。

塚越が初めて出店を手伝ったのは三年前のことだ。傾きかけた江南酒造へ響が戻って来た年である。

それまで花火大会の出店は営業部の人間が担当していた…らしい。入社してからずっと製造部の塚越は江南酒造が花火大会に出店していることさえ知らなかった。秋田も同様で、入社したてだった高階は尚更《なおさら》だ。帰って来たばかりの響も。

社長の失踪《しっそう》でほとんどの人間が辞めてしまったものの、商工会のつき合いで出店しなきゃいけないと言う聡子に頼まれ、皆で店番をすることになった。しかし、見事に一本も売れなかった。

あんなに人がいたのに一本も売れないなんて。衝撃を受ける一同に、聡子はそんなものだと慰めた。

「花火を見に来て、日本酒買おうって思わないわよー。うちも他のお店も、つき合いで顔を出してるだけなのよね」

毎年、売り上げはほぼなく、赤字ではあるが、つき合いで出店している。老舗《しにせ》だけあって、そういう「つき合い」がとても多い。倒産寸前の企業につき合いは必要ないと、中浦が整理しているのだが、花火大会だけはという聡子の頼みで、継続している。

去年も同様に一本も売れなかった。自分で醸した二造り目の酒で、前よりもよく出来たと密《ひそ》かに自信を抱いていたらしかった秋田は、表には出さなかったもののひどく落ち込んでいた。

秋田だけじゃない。響も塚越も高階も、それなりにへこんだ。自分たちが一生懸命造っているものを売っているのに、手にも取って貰えない現実を突きつけられれば、誰だって落ち込むだろう。

だから、塚越には中浦が経費削減の為に出店をやめると言い出してくれないかと、願う気持ちがあった。「売れない」という事実を、数字だけで聞くのと、直接見せつけられるのでは、衝撃の度合いが桁《けた》違いだ。

「こんなに…素敵に出来て、美味《おい》しいのに…」

机の上に置いた見本の酒瓶を見て、三葉は悲しげに呟《つぶや》く。悲しげなのは三葉だけでなく。

「やっぱ…駄目かー。見た目変えたところで駄目なのかー」

意を決して夏酒をプロデュースした秋田も大きくへこんでいて、テントの奥で暗雲を頭に載せ背中を丸めてしゃがみ込んでいた。出来がよいからもしかしたら…と期待を抱いて、多めに酒を搬入したのを深く後悔しているらしい。

負の空気が満ちるテント内で、腕組みをして難しい顔つきでいた響は、「何時だ？」と高階に聞く。

「もうすぐ四時ですね」

「そろそろ来るかな」

「来るって…誰がですか？」

不思議そうに尋ねる高階に「秘策があるんだ」と返し、響は椅子から立ち上がる。テントの外へ顔を出して、きょろきょろ辺りを見回し、「おう！」と声を上げた。

響が「ここだ」と大きく手を振っていた相手は。

「ごめんごめん、遅くなって。…あれ？　どうしたの？　皆で地獄に落とされたみたいな顔して」

浴衣姿で店の前に現れたのは、響の幼馴染《おさななじ》みである佐宗《さそう》だった。まさに地獄にいるような気分だった一同は、顔見知りでもある佐宗に適当な挨拶《あいさつ》を返す。

響がそろそろ来るかと待っていたのは佐宗なのか。秘策というのは？ 状況が掴《つか》めないでいる面々をよそに、テント内へ入って来た佐宗は三葉を見て、「あ」と声を上げた。

「彼女が三葉ちゃんか？」

「ああ」

佐宗に聞かれた響は頷《うなず》き、三葉は立ち上がって「初めまして」と頭を下げた。お互い、響を通じて話を聞いていたが、顔を合わせるのは初だった。

「三葉と申します」

「佐宗です。可愛い浴衣だね。よく似合ってるよ」

にっこり笑って褒める佐宗の口調はこなれたものだ。響や秋田、高階にはとても口に出来ない台詞《せりふ》でもある。イケメンの佐宗に褒められ、照れる三葉を微妙な目つきで見つつ、響は机の上に置かれていた夏酒の瓶を手に持ち、「これだ」と佐宗に差し出した。

新たにデザインしたラベルを見た佐宗は、「おお」と驚く。

「いい感じのデザインじゃないか。外注に出したの？」

「俺がやりました」

「高階くんが？　才能あるんじゃない。いい出来だと思うよ」

佐宗に褒められた高階は、三葉と同じように照れて、「そんな」と恐縮する。佐宗は褒め上手だ。つまり、口がうまい。そして。

「お前なら何かいい案を思いつくんじゃないかと思ってな。どうしてもこの酒を売りたいんだ」

老舗旅館の跡取りである佐宗は大学の商学部に進み、マーケティングなどを専門に勉強した。その知識と根っからの商才によって、旅館も居酒屋も繁盛させている。そんな佐宗ならきっと名案を…自分たちよりは遥《はる》かにマシな…思いつくに違いないと考え、花火大会の出店ブースに来て欲しいと頼んでいた。

真剣な表情で迫る響の迫力に臆しつつも、佐宗は力になれるかどうかは分からないけど…と前置きしつつ、改めて夏酒のボトルを見る。

「これは…中身は同じでデザインだけ変えた感じ？…」

「いえ。今年仕込んだ酒で、夏酒の雰囲気にあいそうなものを瓶詰めしてみたんですけど」

「そうなんだ。ちょっと飲ませてよ」

秋田の説明を聞いた佐宗は飲んでみたいと希望する。背後に置かれているクーラーボックスから取り出した試飲用の瓶を秋田から受け取った響が、プラカップに注いで渡す。

透明のプラカップに注がれた酒は、少しだけ黄みがかっている。佐宗はまず匂いを嗅《か》いだ。

「…ん？　いい香りがする。何だろう…すっきりした…夏の花の香りみたいな…。…あ、美味しいね！」

「ですよね！」

佐宗が「美味しい」と口にした途端、三葉は大きく相槌《あいづち》を打って破顔する。いつもにこにことしていて優しいけれど、飲食に関して佐宗が辛口だと知っている秋田は、泣き出しそうな顔で胸を撫《な》で下ろした。

「よかった…。佐宗さんに美味しいって言って貰えて…」

「やだなー秋田くん。いつも美味しいって言ってるだろ？」

「何言ってんだ。お前、美味しくないものには無言で笑うだけじゃないか」

「いやいや。ほら、日本酒は守備範囲外だから。…秋田くん。これさ、１８０ｍｌくらいの小さいやつで…同じような夏酒のデザインにしたボトルに詰めてよ。うちでも出したいな。夏場はうちも日本酒の売り上げが落ちるからさ」

佐宗の旅館には今でも燗酒《かんざけ》用の純米酒や、冷酒として純米吟醸などを納品しているが、夏酒も扱って貰えるのは有り難い。秋田はすぐに小瓶の発注をかけると返事し、響は旅館でもがんがん勧めてくれと頼む。

「お盆の辺りは客も多いだろう。あ、今日も花火大会だから満室とか？……しまったな」

「まあ…花火大会目当ての客は外に出かけちゃうから飲料の出は悪いんだけどね」

花火大会で売るついでに旅館でも出して貰うんだったと悔しがる響に答えながら、佐宗は意外そうな顔つきでじっと響を見る。その視線に気づいた響が「なんだ？」と聞くと、佐宗は何でもないと言って、話題を酒に戻した。

「それで…これは日本酒としては辛口になるの？　甘口？」

「どちらとも取れるかと思います。飲み口はすっきりで、口の中で仄《ほの》かに甘く…けど、後に残らないようにしたつもりです。少し加水してアルコール度数を下げてますし」

「なるほど——。…でも、これ、飲んでみないと良さが分からないかもよ？」

もう一杯欲しいと言い、佐宗は秋田にお代わりを注がせる。

「試飲…か」

呟く響に、「そうそう」と頷いて、佐宗は二杯目に口をつける。秋田から聞いた情報を飲みながら確かめている佐宗に、響は険しい顔付きで迷う心情を告白した。

求められれば提供するつもりで、試飲の用意はしているのだが。

「手当たり次第の試飲はやめろって言われてるんだ。どうも昔、トラブったらしい」

ずっと以前、江南酒造の出店では自由に試飲が出来るようにしてあった。すると、試飲と称してがぶ飲みする者が現れ、更にただで酒が飲めるという評判が立って、収拾がつかなくなったのだ。

「だから、聞かれたら出すだけにしておけって言われてるんだ」

「確かに…ありがちな話だけど、飲むと印象が変わるかもだよ。この酒は。それに…座ってるだけじゃ、客はよりつかない」

「えっ」

断言する佐宗を、三葉は目を丸くして見る。どうしてそう言い切れるのかと、怪訝《けげん》そうに聞く響に、佐宗は肩を竦《すく》めて説明した。

「受付係じゃないんだからさ。売りたいなら、客と目線を合わせないと。さっき、近づいて来る時も思ったけど、楓ちゃんと三葉ちゃんが座ってて…その後ろに野郎が三人、陣取ってるわけじゃん。で、机に酒瓶が置いてあるだけじゃ…何がしたいのか分からないよ」

「酒を売ってるんじゃないか」

「江南酒造って書いてありますよ?」

「鵲瑞のマークが小さかったですかね」

佐宗の指摘に、不思議そうに首を傾げただけの男三人とは違い、三葉と塚越は顔を見合わせてさっと立ち上がった。

「佐宗さん！　どうしたらいいすかね？」

「教えて下さい！」

響が佐宗を呼んだのは正解だ。佐宗ならこの窮状を打破してくれそうな気がする。自分たちだけじゃどこが悪いのかも分からないから、的確なアドバイスが欲しいと三葉と塚越は訴える。

腕組みをした佐宗は「そうだなあ」と呟きながらしばらく考えた後、ぶつぶつと話し出した。

「お祭り気分の客相手だと、試飲が飲み放題になっちゃうっていう危険性は無きにしも非《あら》ずなんだよなあ。でも、このお酒は飲んでみないと美味さが伝わらない気がするし…」

「だったら…口の中で味が広がる程度の量で勧めてみるというのはどうでしょう？」

試飲を禁じ手としてしまうのは厳しいと考える佐宗に、三葉が遠慮がちに提案する。秋田の用意した夏酒は香りがいいし、一口でも美味さが伝わるはずだ。味というより印象を伝える為の試飲はどうかと言う三葉に、佐宗は「そうだね」と笑みを浮かべて同意する。

「秋田くん、試飲用のプラカップってたくさんある？」

「はい。多めに持って来てます」

「じゃ、それに…どれくらいかな」

「三分の一くらいでは？」

三葉が言うのに頷き、佐宗は秋田に夏酒をプラカップに三分の一程度注ぐよう指示する。それを人数分作り、それぞれで口に含んで試してみる。

「…うん。これでも十分美味しいって分かるね」

「逆に日本酒が苦手な人でも飲めそうって思える感じですね」

わずかな量でも試飲としての役割を果たすのを確認すると、次にそれをどう勧めるかという話になった。試飲やってますと呼び込みしたところで、足を止めて出店を覗《のぞ》いてくれる人間がどれほどいるか。

「ここは楓ちゃんと三葉ちゃんの出番かな。二人が出店の前に出て、勧めよう。お盆みたいなの、ある？」

「これでいいか？」

響が出して来たお盆に、佐宗はプラカップを並べ日本酒を注ぐ。スーパーでやっている試飲の要領で、プラカップが並んだお盆を出して勧めれば、気軽に手にとれると言う佐宗に、一同は一斉に「おー」とどよめく。

「勧める時は新しいお酒だって宣伝するんだよ。それから、試飲してくれた人には、すぐに買って下さいじゃなくて帰りに寄って下さいとお願いしてくれ。ここは行きにも帰りにも通る場所だからね。四合瓶でも重いから花火見物の邪魔になって、結果、印象が悪くなったりするかもしれない」

「確かに持ち歩くには重いですよね」

「それと試飲は六時で打ち切る。それくらいになると、人が増え始めるし、他で飲んで酔っ払う人間も出て来る。面倒な相手に試飲させることはないよ。試飲して、気になった人は寄ってくれると思う。花火大会が終わったら、皆で呼び込みして思い出して貰《もら》うんだ。日本酒売ってますよーって一言でも、そう言えば試飲したなって思い出すよ。それに折角出かけたから、ちょっとお土産が欲しいっていう人もいる。屋台のものはお土産って感じじゃないだろう」

そこを狙うんだ…と、佐宗が語り終えた時には、全員が尊敬の眼差《まなざ》しで彼を見ていた。自分の周囲で期待出来そうなのは佐宗だけだと考え、花火大会の出店まで来てくれと頼んでいた響も。感動して佐宗の手を取り、ぎゅうっと握り締める。

「翔太《しょうた》…お前、天才だったのか！」

「いやいや。商売やってるならこれくらい…って、手が痛いから。骨折れるから」

「佐宗さん…ただのたらしかと思ってたのに…」

「楓ちゃん、人聞き悪いよ」

「俺も佐宗さんを見くびってました」

「知らなかったなあ。秋田くんに見くびられてたなんて」

「ただのお坊ちゃんかと」

「おいおい。海斗くんまでかーい」

「佐宗さん…」

「三葉ちゃんはこの人たちみたいに誤解しないでくれよ。俺は出来る男だからね」

初対面の三葉には好印象を与えたいと、佐宗は微笑《ほほえ》んで三葉にお盆を渡す。あとは三葉ちゃんの笑顔だよ。そんな台詞《せりふ》を臆面もなく吐けるところが期待を裏切らないと、他の面々は心中で納得していた。


「三葉の出番ですね！」

酒を注いだプラカップを載せたお盆を持った三葉は鼻息荒くブースを出る。酒瓶を持って一緒に出た塚越は、「大丈夫なのか？」と心配した。山奥育ちで車に乗ったこともなかったような三葉だ。呼び込みの経験など、あるはずがない。

「お前、こういうの、やったことないだろ」

「ありませんが、大丈夫です。楓さんこそ」

「あたしは客商売やってたからさ」

居酒屋で働いていた塚越は、調理もホールも経験している。早速、「お酒の試飲、いかがですかー」と呼びかけ始める塚越に負けじと、三葉も「いかがですかー」と声を上げた。

佐宗の指示で日本酒に興味がありそうな、比較的年齢が高めのカップルを中心に勧めていたこともあり、反応は上々で、多くの人がプラカップを手にしてくれる。その際、塚越が夏酒のボトルを見せて、新しく出た酒なのだと宣伝する。値段を聞かれたら答え、是非帰りのお土産にどうぞとつけ加える…という連係プレーで、着々と試飲数を増やしていった。

金髪に甚平というヤンキー風の塚越だけならハードルが高かっただろうが、その横には浴衣姿の小さくて可愛い三葉がいる。お団子につけた金魚を可愛いと褒める客も多く、そのうちに評判を呼んで試飲に列が出来始めた。

「さっきまで見向きもされなかったのに…」

「やり方一つで変わるもんだよ。…秋田くん、試飲用のお酒ってまだある？　なら、六時過ぎても続けよう。列に並ぶような客筋ならトラブルも少ないはずだ。花火大会が始まれば自然と散るだろうから…それまで続けよう」

「了解です」

佐宗の指示を受け、秋田は新たに試飲用のプラカップを響と共に並べて酒を注いでいく。三葉と楓は酒の宣伝に徹し、高階はプラカップの補充や列整理役としてブースの外に出て二人を補助する。

「江南酒造が初めて出した夏酒です！　とっても美味《おい》しいので、どうぞ」

「素敵なボトルね。夏にぴったり」

「味も美味《うま》いな。これはここで買えるの？」

「はい。瓶が重いんで、持ち歩くと大変ですから、帰りに寄ってやって下さい。お待ちしてます！」

よろしくお願いします！　威勢の良い声《い》で花火見物に出かけて行く客を見送り、次の客に試飲を勧める。誰もが美味しいと言い、ボトルも素敵だと褒めてくれる。

手応《てごた》えは十分で、これならば…と、期待は高まった。

「響さん…どうしよう…。もしかしたら、酒が足りなくなるかも…」

「その時は取りに行くぞ。売るほどあるんだ」

「いやいや」

テントの中から列をなしている客を見て、舞い上がる秋田と響に、佐宗は冷静に首を振る。そんなにうまくいくものじゃないという指摘は、二人に不安を抱かせるものだった。

「現状、ターゲットを絞った試飲じゃなくて、ゲリラ的に試飲させてるからね。あの客が全員買ってくれるほど、甘くないと思うよ」

試飲数の三分の一、売れればいい方だと思う。真面目な顔で佐宗が言うのを聞き、響たちは「やっぱり」と項垂《うなだ》れた。

しかし、それも一瞬で切り替わる。

「だとしても…去年より全然いいじゃねえか」

「…ですよね！」

「そういえば…去年も出店してたんだよな？　何本売れたんだ？」

厭《いや》な予感を抱きつつ聞いた佐宗に、二人は声を揃えて「ゼロだ（です）」と叫ぶ。佐宗は渋い顔付きになり、何かを言おうとしたが、言うだけ無駄だと判断したのか、開きかけた口を閉じた。

七時近くになると、空も暗くなり、間もなく花火大会が始まるというアナウンスが響いた。それを機に客の流れが変わったので、試飲も打ち切った。立ちっぱなし喋《しゃべ》りっぱなしだった三葉たちは、疲れているようだったが、表情は生き生きとしていた。

「お疲れ様です。座って、何か飲んで下さい。水とかお茶とか…何がいいですか？」

「まだ乾杯は出来ないからな」

本当は酒を飲みたいところだけど、帰りがけの客に販売するという重要な仕事が残っている。それに。

「…わっ」

ドン！　という音に驚いた三葉が身体を震わせて声を上げる。花火が上がったんだ…と響に言われ、テントの陰から顔を出して空を見れば、キラキラした光が散っていた。

「すごい！　ぱちぱち…弾《はじ》けてるみたいに…うわー！　綺麗《きれい》ー！」

「三葉。よく見えるところまで行こうぜ。響さん、終わる前には戻って来ますから、いいですか？」

「ああ」

初めて見る花火に歓声を上げる三葉を誘い、塚越は響に出かける許可を取る。花火が上がっている最中は皆が空を眺めているから、することもない。快く頷《うなず》く響に、三葉は礼を言い、塚越に連れられて人混みを掻《か》き分けるようにして、堤防道路を進んだ。

その間にも川の対岸では花火が次々と打ち上げられていく。

「すごい！　すごいです！　綺麗です！」

ひゅーと尾をなびかせて上に伸びる光が空でぱちぱちと音を立てて弾ける。中心から円を描いて、何重にも光が弾ける様はまさに空に花が咲いたようだ。

迷子を危惧《きぐ》して塚越が手を引いてくれていたからよかったけれど、そうでなかったら花火から目を離せなくなっていた三葉ははぐれていただろう。初めて目にする花火は想像を超える美しさで三葉を圧倒した。

「はー」

次第にまともな言葉も発せられなくなっていた三葉は、塚越が足を止めたのに気付かず、つんのめる。危うく転びそうになったのを堪《こら》えて塚越を見ると、三葉の身長と同じくらいの高さがある、コンクリート製の台座の上に座れと命じられた。

「えっ、でも…どうやって」

「よじ登れ」

まさかと思う指示だが、塚越の顔はマジだ。三葉は頷き、塚越の助けを借りて、ようよう上がった。塚越は慣れた様子で、コンクリートの上に手をかけて、懸垂の要領で上がり、三葉の隣に腰掛ける。

「よく見えるだろ？　地元の奴しか知らない特等席だから」

「はい！　よく見えます！」

上るのに苦労はしたが、その分の甲斐《かい》はあった。背の低い三葉は観客で混み合う堤防上で、上方に光る花火しか見えていなかったけれど、コンクリートの台座の上からは、対岸の川面《かわも》に近いところから打ち上げられている花火も見ることが出来た。

「わ…」

斜めに走る火花が交差して破裂し、夜空と川面を明るくする。最初は驚いたばちばちという音も、弾ける光と合わせて見ていると欠かせないものに感じられて来る。

次々と打ち上がる花火に夢中になっていると、「楓！」と呼ぶ声が聞こえた。台座の下から手を振っているのは塚越の友人らしく、「おう」と返事している。

「三葉、ここで見てろよ」

迷子になるから動くなと言い、塚越は台座から飛び下りて友達の元へ行ってしまった。動くなと言われなくても、多くの観客で埋め尽くされている歩道を一人で戻る自信はなくて、残された三葉は不安に襲われる。

このまま塚越が戻って来なかったら…。自分はまだお酒を売るという仕事が残っているのに…。

どうしようと思いつつも、花火に気を取られ、光る夜空に見入ってしまう。

すると。

「お前、どうやって上ったんだ？」

「……!!」

いきなり響の声が聞こえ、三葉は動揺して跳ね上がる。きょろきょろと周りを見れば、左側に響が立っていた。いつもは見上げている響を見下ろすのはおかしな気分だ。

「響さん！　どうしたんですか？」

「翔太が腹減ったって言うから、焼きそばでも買おうかと思って」

屋台へ行こうとしたところ、三葉の姿を見つけて近づいて来たと言う。

「危ないから上っちゃ駄目だって書いてあるのに。楓か？」

「えっ」

塚越に有無を言わさずに上らされたので、そんな注意書きは目に入っていなかった。響に教えられた三葉は慌てて下りようとしたが、構わないと言って止められる。

「注意されるまで、座っとけ。お前、チビだから、見えないだろ？」

「う…」

「楓はどこ行った？」

「楓さんはお友達に声をかけられて…ここで待ってるように言われました」

「そうか。もうすぐスターマインが始まるし…一緒に見るか」

「スターマイン？」

「連続して打ち上げるやつだ」

花火の名前なのかと三葉は頷き、夜空に視線を戻す。さっき上がった花火の残像が闇に吸い込まれるようにして消えていく。何がどうやったら、あんなに美しい光になるのだろうか。想像しても全く分からない。

「花火って本当に綺麗ですね」

「そうだなあ」

「響さんはずっと見てるから余り感動しませんか？」

「ずっとって言っても、ガキの頃しか見たことなかったけどな。中学入ったくらいからは部活が忙しくて…花火大会なんか来なかったし。高校で家を出て、帰って来るまで、そんなのがあるのも忘れてた」

「そうなんですか！」

こんなに綺麗なのに…と驚く三葉に、響は苦笑する。

「三葉なら花火大会の為に帰って来ます」

「…そうか」

「…響さん？」

相槌《あいづち》を打った響の横顔が寂しげに見えて、ふいに不安になる。何か余計なことを言っただろうかと気になり、話しかけようとした時、一際大きなドンという音が響いた。

「……！」

空を見上げれば長く天に向かって伸びていった火の玉が、大きく弾け飛んだ後、それぞれがまた小さく弾け、更に尾を引いて落ちていく。夜空の全てを使って描かれたような光の絵に、何もかも忘れて見とれた。

「すごい…」

三葉の呟《つぶや》きに続いて、花火が次々と打ち上がる。響が言っていたスターマインというやつなのだろう。目が追いつかないほど、バチバチと花火が弾け飛ぶ。

「すごい、すごいですね！　響さん！」

「お、おう」

興奮した三葉に肩を摑《つか》んで揺すられ、響は戸惑いながらも相槌を打つ。幾重にも広がる光の輪が生まれては消える様を、一瞬たりとも見逃すまいと、三葉は大きな目を見開いていた。

口をぽかんと開けて煌《きら》めく夜空に夢中になっていた三葉は、突然、身体が浮いた感覚に「きゃっ!」と声を上げた。

「悪い。驚かせたか」

「ひ、響さん?」

身体が浮いたのは響が座っていた三葉を持ち上げて、高いコンクリートの台座の上から下ろしたからだった。塚越が帰って来るまで戻れないと思っていたので、有り難くはあったが、響がどうしてという疑問もある。

「時間的にそろそろ終わるから、戻ろう。終わると同時に人が動くから、戻れなくなるかもしれない」

「でも、楓さんが」

「お前がいなかったら出店に戻って来るさ。メールは打っておく」

そう言って、響はスマホを取り出して塚越に三葉を連れて先に戻るという知らせを送った。同時に、三葉の手を摑んで、歩き始める。

「……!!」

塚越と同様に迷子を心配して手を引いてくれているのだと分かっていても、相手が響だと戸惑いを覚えてしまう。ちゃんとついて行くから大丈夫だと、三葉が遠慮しようとすると、急に響が立ち止まった。

「お」

「っ…ぶ！」

予想外のことにつんのめって三葉は響の背中にぶつかって立ち止まる。思い切りぶつけた鼻を押さえて見上げた響が空を指す。

「最後の大玉だ」

そう言って響は三葉を引き寄せ、帯のあたりに手を回して抱き上げる。三葉は小さいから人混みの中では人影が邪魔になって見えないだろうからという配慮だったのだが、三葉にとっては驚くべき事態で。

「っ…響さんっ…！」

「よく見えるだろ？」

焦って逃れようとする三葉に、響は得意げな笑みを浮かべて聞く。胴を両腕で抱えて持ち上げられているので、響よりも頭の位置が高くなり、確かに見晴らしは断然いい。ただ…密着した状態が恥ずかしくて、「重くないですか？」と聞いてみたものの、響は首を横に振った。

「上がるぞ」

響に言われて、三葉は夜空へ視線を移す。ドオンと腹に響く低音に続き、高く高く上がっていった光が時間をかけて花を咲かせる。

放射状に広がった星が特別に大きな光の菊を生み出し、消えるまでの間に色が変化する。少しずつ光が闇に溶けていく様から目が離せない。

一連の流れはスローモーションのようでいて、僅《わず》かな時間だ。最後の光の一つが消えると、観客から「おおっ」というどよめきが起こった。それまで続いていた打ち上げ音が消え、誰もが感動の余韻に浸って一瞬の沈黙が生まれる。

瞼《まぶた》に焼き付いた花火の美しさに、はあとため息を零《こぼ》した三葉は、そのまま響が歩き出したのに「ひっ！」と声を上げた。

響が言った通り、それが最後の花火だったらしく、花火大会の終了を告げるアナウンスが聞こえて来た。同時に観客たちが一斉に動き始め、堤防道路を歩く通行人は満員電車並の密度になっていく。

「響さん、下ろして下さい！」

「こっちの方が早い」

三葉が迷子になるのを心配して手を引いて歩幅を合わせて歩くよりも、抱えたまま人混みを抜ける方が早く戻れる。そんな響の目論見《もくろみ》通り、最短で江南酒造の出店まで戻ると、響に抱えられている三葉を見て、秋田と高階がぎょっとした顔で出迎えた。

「どうしたんですか!?」

「三葉ちゃんが怪我でも…」

「違う違う。混み始めてたから抱えて走った方が早かったんだ」

ラグビーボールのごとく扱われた三葉は、目を回しながらテント内へ放り込まれる。塚越は一緒じゃないのかと聞く秋田たちに、別行動になっていてメールはしてあると返事しながら、響は視線を感じて周囲を見回した。

「あ」

椅子に座った佐宗が腕組みをして響を睨《にら》んでいるのには理由がある。空腹を訴えた佐宗に、焼きそばを買って来てやると出かけたのを、響はすっかり失念していた。

「しまった。忘れてた」

「忘れてたって、お前、何しに行ったんだよ?」

「いや、焼きそば買おうとしたら、三葉を見つけて…」

「まさか、俺の焼きそばを忘れて、三葉ちゃんと今まで花火見物してたとか言うんじゃないだろうな」

「すみません、佐宗さん。響さんは三葉が高いところに上っていたので、心配して下さったのだと思います」

申し訳ありませんと三葉に頭を下げられては文句を続けられない。終わったら奢《おご》れと響に約束させ、呼び込みするよう指示した。響の声は遠くまでよく通る。花火大会の終了アナウンスが流れてまだ十分も経っていないのに、堤防道路は帰宅する観客たちでごった返し始めていた。

そろそろと駅へ向かう行列に、響以外の皆も呼びかける。

「夏酒、いかがですかー？　美味《おい》しいお酒ありますよー」

「試飲やってたお酒が買えるのはこちらですー。どうぞー」

「美味しい日本酒ですよー」

試飲では列が出来るほどだった。搬入した量では足りなくなるほど売れたらどうしよう。釣ってもいない魚の調理法を考える響と秋田に、そううまくいくものじゃないと佐宗は忠告した。

その言葉通り。皆で必死に呼びかけても、足を止めてくれる人はいない。

「やっぱ…誰も買ってくれないんですかね」

「うーん。誰もってことはないと思うんだが」

テントの中で、悲愴《ひそう》な顔付きになる秋田に、佐宗は腕組みをして答える。出店の前は駅や駐車場を目指して歩く観客たちで前が見えないほどだ。永遠に途切れることはないのではないかと思えるくらいの人の多さなのに、誰も興味を持つ気配すらない。

この中に行きに試飲した人はいないのだろうか。試飲した時に美味《うま》いと思っても、買うほどではないということか。

製造責任者である秋田の顔はどんどん暗いものになっていく。ああ、どうしよう…と頭を抱え、テントの隅でしゃがみ込んでいる秋田を慰めるよう、佐宗が響に言いかけた時だ。

「ちょっと前に出てみる」

「三葉も」

「お前はちっこいから危ないぞ。中に入ってろ」

試飲をやっていた時とは違い、一斉に観客が帰路についている今は、段違いに人が多い。小さな三葉が人にぶつかられたりしたら危ないからと、響がテント内にいるよう勧めても、三葉は「大丈夫です」と答える。

それから。

「三葉はいいことを起こせるんです」

テントの前に立った三葉は小さく呟き、目をぎゅっと瞑《つぶ》ってぶつぶつ何かを唱え始める。

前にもこんな光景を見たな…と首を傾げた響は、スーパーで抽選券を貰《もら》った時だと思い出した。

おまじないかと子供の遊びを見ているような気分でいたのに、その後、抽選券は思いもかけない当たり方をした。

あれは…もしかして三葉のおまじないが効いたのか？

いや、まさか。

「…あ、あそこよ！　金魚の子がいるわ」

ありえないと苦笑しかけた時だ。女性の声が聞こえた。響が振り返ると、人混みを抜けて近づいて来た四十代くらいのカップルが、よかったと微笑《ほほえ》む。

「人が多くて、どこだったか分からなくなっちゃったんだけど、見つかってよかったー。試飲させて貰ったお酒、二本、下さい」

「え…あ、はい！」

唐突に現れた客に驚き、戸惑いながらもテント内でダンゴムシ化している秋田に声をかける。「お客さんだぞ！」という響の声を聞いた秋田は、飛び上がって「はい！」と返事した。去年同様、一本も売れずに撤収しなきゃいけないのかと絶望に浸っていただけに、客の応対をする秋田の目には涙が滲《にじ》んでいた。

ありがとうございました…と全員で厚く礼を言い、初めての客を見送ってすぐのことだ。それが呼び水となったのか、次々客が現れ始めた。

「お酒の店、ここだよ。浴衣の子がいる」

「すみません、試飲やってた夏酒下さい」

「お酒欲しいんですけど」

このチャンスを逃してはならない。佐宗も手伝って迅速に販売をしつつ、更に呼び込みも続ける。そこへ帰って来た塚越が、購入希望者が並んでいるのを見て、「嘘《うそ》！」と声を上げた。

「売れてるの？　マジで？　遅くなってすみません！　響さん、中入って手伝って下さい。前はあたしと三葉で」

「そうだな。お前らの方が宣伝になるか」

実際、試飲を担当していた三葉の髪飾りを目印にやって来てくれた客もいる。目立つ二人が前に出ていた方が分かりやすいだろうと、響はテント内へ戻った。

「試飲やってたお酒ありますよー。寄ってって下さいー」

「美味しい夏酒ですよー。お土産にいかがですかー」

少し前まで素通りされていたのが信じられないくらい、通行人が目をとめてくれる。全員が寄ってくれるわけではなかったが、足を止めてくれる人の中には、試飲をしていないのにどういう酒なのかを聞いて、購入してくれる人もいた。

去年を考えれば信じられない売れ行きだ。次々と夏酒が売れていく様子を見て、響は佐宗に礼を言う。

「お前のお陰だ。ありがとうな」

「いや。これは秋田くんの酒だったから出せた結果だと思うよ」

熱心に客に酒の説明をしている秋田は、とても晴れやかな表情をしている。秋田の酒が確かな味だったからこそ、売れたのだと佐宗は続けた。

「それに…三葉ちゃんも楓ちゃんも、高階くんも。皆、頑張ったからじゃない？」

自分のアドバイスなんて、使い古された手法だ。秋田の酒が本当に美味しくて、皆で売りたいと強く思って頑張れるチームだから、結果が出たのだと言う佐宗に、響は無言で頷《うなず》く。

酒を買ってくれた客に、秋田だけじゃなく、三葉も高階も塚越も、皆が揃って「ありがとうございました」と礼を言って見送る。全員が笑顔で、嬉《うれ》しそうだ。

物を売る、というのは簡単ではないけれど。

「…帰って来たばっかの時、飲んでみたうちの酒は美味くなかったんだ。いや、美味くないっていうか、ああ、酒だなって味で」

「分かる。日本酒ーって味だったよな。まあ、そういう風に造ってたんだろうが」

「だから、売れないのも納得っていうか。今は昔と違って、色んな種類の酒があるじゃないか。美味くて安く買える酒が山ほどあるのに、これをわざわざ買わないだろうって、他人事《ひとごと》みたいに思ってたんだ」

兄が戻るまでだ。聡子一人に背負わせるのは可哀想だから戻っただけだ。そういう思いが根底にあって、ずっと他人事のようにしか見られなかった。

これまで口にしなかった本音を漏らす響を、佐宗は同情の籠《こ》もった目で見る。

「分かるよ。俺はお前が戻って来たのも驚いたんだから。おばさんだって、お前が虐げられてたのを分かってるから、戻って来てくれとは言わなかっただろう」

「虐げられるって。大げさな」

「いや。お前のとこのおばあさんはひどかった」

幼馴染《おさななじ》みの佐宗は響がどういう環境で育ったのかをよく知っている。苦笑する響に、真面目な顔で昔話を始めた。

「そりゃ、環さんは賢かったかもしれないけど、お前だってそれなりだったじゃないか」

「それなりかよ」

「少なくとも俺よりは出来がよかったよ。運動はもちろん、いつも一番だったし。なのに、おばあさんはお前を『出来そこない』って呼んでたろ。子供心にそんな言い方ないだろうと思ってたんだ」

「そうだったのか」

初耳だと驚き、自分よりも根に持っている様子の佐宗を見つめる。

亡くなった響の祖母は、長男で跡取りとなる環を大事にするが余り、次男の響を疎んだ。その差によって、環を引き立てる為に。

プライドの高かった祖母の扱いには祖父も父も難儀していて、その振る舞いを注意することはなかった。母親の聡子も。若くして江南家に嫁いだ聡子は、姑《しゅうとめ》に反論することは一切許されなかった。

あからさまに響を差別する姑に何も言えず、我が子を平等に可愛がることを許されず、歯痒《はがゆ》い思いを抱えながらも、自分で打破する強さは持たなかった。

ラグビーという道を切り開いた響は高校から江南家を出て寮生活を始めた。響の生い立ちを知る佐宗は、彼が故郷に戻って来ることはないだろうと考えていた。

「そのお前が環さんの尻拭《しりぬぐ》いをさせられるなんて。本当に偉いよ。お前は」

「そうでもない」

自分の友人である佐宗には贔屓目《ひいきめ》が入っているなと苦笑する。偉くなんてない。何もせず、ただ、いただけなのだから。

「兄貴もさ。必死だったんだと思うんだよ」

「まあ…それはそうだろうが」

「どこにいるのかも分からないけど…今になって、初めて、あの人と話したいなと思う。ろくに話したこともなかったから」

「……」

不仲というより、互いの存在が見えないみたいな暮らしをしていた。一番近くにいたのに一番遠いひとだった。兄が何を考えていたのか、どういう性格だったのか。いなくなってみて、想像する材料すらないことに初めて気がついた。

「俺は…兄貴みたいにはなれないし、自分が江南酒造を継ぐってのも無理だと、今でも思ってるんだが」

三百年続いた老舗《しにせ》酒蔵の看板なんて、背負えるわけがない。そう思っているけれど。

「うちの酒っていうより…秋田の酒をさ。売りたいと思うんだ。…正直、最初に秋田が造った酒は、そこまで美味しくなかった。まあ、酒だなという程度で。でも、元々のうちの酒とは違っているのは分かった。次に造った酒を飲んだ時、秋田は本気で違う酒を…自分の酒を造ろうとしてるんだって分かった。三造り目は…あらばしりを飲んだ時に、うわあって驚いた」

「美味しくて？」

「ああ」

真面目な顔で頷き、響は呑《の》み切りの時に海老名から言われたことを思い出す。祖父の代から江南酒造を知っている海老名と話すのには躊躇《ためら》いがあった。海老名が自分に向けているだろう期待が重かった。

兄の帰りを待っているだけなのか、自分でやっていくつもりはないのか。真正面から確認されたのは初めてだった。事情を知る近しい人たちが、自分に多くを望めないでいるのを分かっていて、甘えているのを見透かされているような気持ちになった。

そして、それとは別に、秋田の酒を売るべきは自分だという言葉が、心の芯に強く響いた。

「なるほどな」

考え込んでいた響は、隣から聞こえた声にはっとする。何がなるほどなのか。不思議に思って佐宗を見ると、「いや」と肩を竦《すく》める。

「お前が酒を売ってくれなんて言うのを初めて聞いて、驚いてたんだ。どういう心境の変化なのか考えてたんだけど、確かに秋田くんの酒は美味《うま》いから売りたくなるよな」

「秋田の酒は違う酒蔵だったらもっと売れてると思うんだ。うちは色々と評判が悪いから、足を引っ張ってるってのがあって。悪評を覆すのは難しいし、無理だっていう思いが大きかったんだが…なんか、あいつ見てると何とかなるかもって思えて来てさ」

「あいつって？」

誰のことかと聞く佐宗に、響は三葉を指さす。金魚の髪飾りを揺らして呼び込みをしている三葉は、純粋で前向きで、恐れを知らない。現実に突き放されて臆病になって守りに入るような「大人」の側面を三葉は持っていない。

「大丈夫だとか頑張ろうとかって、本気で言ってる奴がそばにいるだけで、ちょっと変われるもんだな」

ふうん…と佐宗が相槌《あいづち》を打つと、響は「それに」と付け加えた。

「あいつのおまじない、効くんだぜ」

「おまじない？」

何を言っているのかと怪訝《けげん》そうな顔つきになる佐宗に笑みを返し、いいことを起こすと言って何やら唱えていた三葉を思い出す。あれが効いたと本気で思っているわけではないが、抽選券が当選した件もある。不思議な奴だと思って三葉を見ていると、視線に気づいた三葉が振り返ってにっこり笑った。

第三話

江南《えなみ》酒造として花火大会での最高売り上げを記録したその翌週。秋田《あきた》は以前から予定されていた講習会へ出かけて行った。

秋田は常にモチベーションに溢《あふ》れた男だけど、花火大会で大量とは言えないまでもある程度の数の酒が売れたことに、勇気づけられたようだった。

行って来ますと鼻息荒く挨拶《あいさつ》する秋田を見送った後、響《ひびき》は事務所にいた中浦《なかうら》を訪ねて、話があると持ちかけた。

改まった様子に、中浦は怪訝そうな表情を浮かべて、座るように勧める。向かいの席の事務椅子を引き寄せて腰を下ろした響は、太い腿《もも》に拳《こぶし》を乗せ、山崎《やまざき》酒店に酒を置いてくれるよう、頼みに行こうと思うと告げた。

「山崎…酒店ですか」

「はい。秋田の酒を売りたいんです」

「しかし…」

「分かってます。中浦さんが玉砕した話は秋田から聞きました」

戸惑う意味は分かると告げた響を、中浦はしばし見つめた後、小さく息を吐いた。立ち上がり、壁際に置かれている冷蔵庫に近づいて、麦茶を取り出す。隣り合わせに置かれている机には洗ったグラスが並んでおり、底が上を向いているそれを二つ、ひっくり返した。

「中浦さんには厭《いや》な思いをさせたと思います。すみませんでした」

「響さんが謝る必要はないですし…、随分前の話ですよ？」

中浦は仕方なさそうに笑い、グラスに麦茶を注ぐ。

何とか売り上げをあげなくてはと焦り、手当たり次第に販路を当たっていた頃の話だ。今も財務状況はさほど変わっていないが、色々と勉強し、空回りすることも少なくなっている。

麦茶の入ったグラスを両手に持ち、自席に戻った中浦は、片方を響の前に置いた。

「それに…あれは運も悪かったんです。向こうは手ぐすね引いて待ってたんですから」

「どういう意味ですか？」

「…社長が失踪《しっそう》したうちが困り果てて泣きついて来るのを待ってたという意味です。担当の方はかなり感情でものを言うタイプで…だから、余計に社長に腹を立ててらしたんでしょうね。飛んで火に入る夏の虫だったのでしょう」

「すみません…」

大手酒販店である山崎酒店にしてみれば、仕方なく酒を置いてやっている相手の方から契約を打ち切ると通達されたのは、プライドを傷つけられる事態だったのだろうと聞いている。八つ当たりを受けた中浦に申し訳なく、響は頭を下げた。

「だから、響さんが悪いわけじゃないと…。あれから大分経ってますが、忘れてはいないと思うので、おやめになった方がいいです。営業に行くなら他の酒販店を…」

「それも考えていますが、山崎酒店にも行って来ます」

「響さん…」

どうしても行くと言う響を、中浦は困惑した顔で見る。そもそも、響が自ら酒販店へ営業に行くと言い出したのは初めてで、それへの戸惑いもあった。

これまでの響は一事が万事、受け身だった。営業も、銀行も、仕入れや修繕の仕事も。全て中浦か秋田の指示で動いていた。何でもやるけど、自分では決して声を発しない。

聡子《さとこ》から直接聞いたわけではないが、次男である響を頼ろうとしなかったのは負い目があったからだと察している。響が戻って来たのは他人の自分に情けをかけただけで、兄に代わって江南酒造を継ぐつもりがないのも、分かっていた。

だから、不満はなかった。響は頼めば何でも気分よく引き受けてくれる。

銀行との厳しいやりとりの場にも、厭がらずに顔を出していた。酒販店から売れ行きが悪いのはお宅の酒のせいだと言われても、黙って頭《こうべ》を垂れていた。

だが、それだけだった。この三年、能動的な響を見たことがない。

なのに。

「…どうして山崎酒店に拘《こだわ》るんですか？」

突如、行動を起こした理由が読めず、中浦は尋ねる。響は調べてみたら、やはり山崎酒店の位置付けは業界内で特別なものだからと答えた。

「売上高はもちろん、山崎酒店が主催する品評会での成績も評判に繋《つな》がるようなので、山崎酒店との関係は修復しておかないといけないと思うんです。山崎酒店との問題は蔵元の責任です。秋田が造る酒には関係ありません。それに…うちは以前とは違う体制で、違う酒を造っているのだと、知って貰《もら》いたいんです」

響が自分で調べ、動いているのが意外で、中浦は相槌を打てなかった。

響はどうして…。

「花火大会で夏酒が売れたからですか？」

調子に乗っているとまではいかずとも、気をよくしているのだろうか。理由を探して尋ねる中浦に、響は笑って首を振った。

「そういうわけじゃないんです。…ただ…秋田が頑張ってるのに…秋田だけじゃなくて、皆で頑張ってるのに、酒の味に関係ないところで売れないのはよくないなと。中浦さんは今更何を言ってるんだと思うかもしれませんが…」

「いえ…」

聡子一人では無理だから家に戻ってくれないかと頼んだ中浦に、響は分かりましたと答えると共に、兄が戻ってくるまでならと条件をつけ加えた。その一言から、響にとっての江南酒造は兄のもので、自分で継ぐ気はないのだと分かった。

今の響も江南酒造を継ぐ気があるとは思えない。継ぐかどうかより、秋田や塚越《つかごし》や高階《たかしな》といった仲間と一緒に造った酒を売りたいという気持ちの方が強いように思える。

響にとっては今の自分がしようとしていることと、江南酒造の後継者になることは、別問題になっているのかもしれないなと考える中浦に、響はにっと笑って言う。

「心配しないで下さい。俺はこれでも打たれ強い方です」

「…それはフィジカル面で？」

「ああ。そっちはもっと」

強いです。そう続けて笑みを深くした響に、中浦はそれ以上反対しなかった。


その朝。

響は一泊二日の日程で東京へ出かけることになった。

山崎酒店の営業担当者とのアポをとりつけ、他にも幾つかの酒販店を訪ねる約束をして、

「三葉《みつば》もお供します！」

「えっ!?」

スーツを着て玄関へ出た響は、そこで待ち構えていた三葉が思いがけないことを言い出したのに驚いた。お供って。まさかついて来る気かと聞こうとして、はっとする。

いつもはTシャツにジャージにエプロン姿なのに、今日は白いシャツに紺色のパンツという、にわか就活生みたいな格好をしている。一体、どこからそんな服を…という響の疑問は、外から入って来た聡子によって明かされた。

「あら、三葉ちゃん、よく似合ってるわねー。響、用意出来た？　駅まで送るわよー」

「待ってくれ…あのさ」

よく似合ってるということは…聡子が三葉に就活生みたいな服を買い与えたのだろうか。怪訝な表情で問いかけようとした響の前で、二人は母子《おやこ》のような会話を始めた。

「奥様。これは…シャツを中に入れて、ベルトをすればよかったんですよね？」

「そうそう。裾《すそ》を大分切ったけど、いい感じよー」

「この…パンプスというのは…なかなか窮屈なものですね」

「三葉ちゃん、いつも草履や下駄《げた》だものね。慣れるまで我慢かな」

「分かりました」

頑張ります…と真面目な顔で言う三葉に、聡子は「ファイト」と励ますのだが。

「ちょっと待て」

三葉に服を買い与えたのは聡子なのは明らかだが、その意図が読めない。どういうことなのかと真剣な表情で尋ねる響に、聡子は答えずに時計を見る。

「あ！　大変。電車の時間が…この時間帯は本数も少ないから、乗り過ごすと間に合わなくなるわよ」

早く車に…と聡子に言われ、三葉の方が先に「はい！」と返事し、走って行く。おいおい…と声をかけながら、二人の後を追いかけた響は、聡子がハンドルを握るセダンの助手席に座った。

後部座席に乗り込んだ三葉を、シートベルトを締めながら振り返る。

「あのな、三葉。俺は遊びに行くわけじゃないんだ。いくらそんな格好をしたって…」

「私が三葉ちゃんに一緒に行ってくれるように頼んだのよー」

「なんで？」

「響一人じゃ不安っていうか」

「三葉を連れて行く方が不安だろう？」

「楓《かえで》ちゃんはほら、金髪だし、海斗《かいと》くんはあがり性なところがあるし、秋田くんはいないし、三葉ちゃんなら適任でしょう」

どうしてそうなるのか。響は聡子の意図が読めず、三葉の方を説得しようと試みた。しかし。

「響さんのお役に立てるよう、三葉は誠心誠意、務めさせて頂きます!」

「いや、無理だろ」

「どうしてですか?」

「だって、お前は…」

小さくて大人に見えなくて頼りなさそうだから。口にしかけた本音をすんでの所で飲み込む。三葉に自分を「出来そこない」だと思わせるようなことを言ってはいけない。

躊躇《ちゅうちょ》した響が別の説得方法を考えている内に、車は駅に着いていた。早朝の田舎道は空《す》いている。最短時間で着いた駅前のロータリーで、三葉は張り切って車を降り、トランクから荷物を取り出す。

キャスターのついた小さめのスーツケースが二つと、キャリーカートに載せたクーラーボックス。重量のあるそれらをひょいひょいと下ろし、響に「行きましょう!」と声をかける。

「……」

どう考えても三葉はお荷物でしかないが、それを本人に伝えて帰らせるのは酷だ。聡子を恨みたい気分で頷《うなず》き、響はスーツケースのハンドルに手をかけた。

電車に乗るのは初めてだという三葉は、新幹線に乗る段になると、頬を紅潮させて緊張していた。

「これが…しん、かん、せん…」

「新幹線は知ってたのか？」

「楓さんに聞きました。東京に行くには『新幹線』に乗らなきゃいけないんだって。これが、しん、かん、せん…。電車もすごい乗り物でしたが…はー。これが…」

席に着いた後もきょろきょろして落ち着かない三葉は、飛行機に乗ったりしたら気絶してしまいそうだ。窓から見える景色がとんでもなく速いと、釘付《くぎづ》けになっている。

「響さん。時々、窓の外が暗くなるのはどうしてですか？」

「トンネルだよ」

「トンネル…」

「山の中とかを掘って通れるようにしてあるんだ」

なるほど…と相槌《あいづち》を打つが、本当に分かっているのか。トンネルさえ知らない三葉は、東京に着いたらひっくり返るほど驚く気がして、響は「いいか」と言い含めた。

「新幹線に乗り換えた駅も都会だったが、東京はもっとすごい。びっくりするなよ？」

「はい。びっくり…すると思いますけど、びっくりしているようには見えないようにします」

「そうだな。都会では知ったかぶりをするのがマナーだ」

「知ったかぶりがマナー…」

奥が深い…と呟《つぶや》き、三葉は何度も頷く。

「それと、お前をアポ先に連れて行くわけにはいかないから、近くで待ってろ」

「いえ。三葉もご一緒します」

「あのな」

「奥様から命じられておりますので」

固い意志を滲《にじ》ませ、きゅっと唇を結ぶ三葉を説得するのは難しそうだった。響は仕方なく譲歩し、一つだけ条件をつける。

「分かった。じゃ、これだけは守ってくれ」

「何でしょうか」

「これから行く…最初にアポを取ってる先だけは一人で行かなきゃいけないんだ。他のところは一緒に連れて行くから、そこだけは外で待っててくれ」

「でも…」

「俺の言いつけも母さんの言いつけも同じくらい、大事だろ?」

江南家に奉公している三葉にはどちらが上と決められないはずだ。響の思惑通り、三葉は複雑そうな顔付きで頷く。交渉成立。約束を守るように言って、窓の外を指した。

「そろそろ富士山《ふじさん》が見えるぞ」

「ふじさん……！」

興奮して窓にへばりつく三葉を苦笑して見つつ、響は隠れて息を吐く。

最初に訪ねるのは山崎酒店で、電話で面会のアポイントを取った時に対応した若い女性社員は営業の担当者ではないようだった。話したこともない相手と会って商談を持ちかけるというのは、それだけでも緊張するが、過去に中浦が袖《そで》にされたことを考えると、憂鬱《ゆううつ》にすらなってくる。

だが、今はとにかく、新しい体制で歩んでいるのだというのを知って貰うことを目標にしようと、自分を励ました。

山崎酒店の本店は大崎《おおさき》にある。元々は地域に根ざした小さな酒屋だったが、戦後の経済成長の波に乗って業務を拡大した。電話一本でいつでも何でも配達するきめ細やかなサービスが評判となり、都内に数店の支店を構えるほどの企業となった。

かつては一間長屋の一つだった本店はビルとなり、隣に建てた倉庫には毎日多くの酒を積んだトラックが出入りする。大崎の駅から歩いて十分。目当ての山崎酒店が見えて来ると、響は辺りを見回した。

「……」

予定では近くのカフェにでも三葉を放り込み、ここで待ってろと言い残すつもりだった。なのに、山崎酒店の周辺はビルや倉庫、マンションが建ち並ぶ地域で、飲食店はおろか、コンビニも見当たらない。

「弱ったな…」

時刻はアポイントを取った十一時近くになっている。五分前には相手先に入りたいと考え、響は山崎酒店のビルの前で待つよう、三葉に言った。

ビルの前を通る歩道には一定間隔でハナミズキが植えられており、大きく育ったそれが木陰を作っていた。昼近くの日差しは強い。気温も上昇して来ているが、木陰に入ればかなりマシだ。

「ちょっと暑いかもしれないが、ここで待てるか？」

「大丈夫です」

「迷子になるから動くんじゃないぞ」

「了解しました！」

ビルの一階はガラス張りになっていて、中の様子が窺《うかが》えた。入り口を入ってすぐのところに受付があり、両脇に商談スペースが設けられているようだ。

外から見えるのだから、中からも外が見えるに違いない。三葉を立たせておくのは目立つかと思ったが、他にいられそうな場所もなくて、出来るだけ目立たないようにしてろと指示して、響は一人で受付へ向かった。

受付には白いブラウス姿の女性が一人座っており、「こんにちは」と響を出迎えた。

「十一時に営業部の飯澤《いいざわ》さんと約束してる江南と申しますが……」

「江南様ですね……、はい。お約束を頂戴しております。あちらでおかけになってお待ち頂けますでしょうか」

受付係に案内された右側にある商談スペースへ、響はビジネスバッグを手にして向かい、手前の椅子に腰掛ける。丸いテーブルに椅子が四つ。建物も什器《じゅうき》もまだ新しく、酒販店のイメージからは遠い。

響が知っている地元の酒販店は事務所と言っても倉庫の一部だったり、店舗の一部だったりで、もっと庶民的だ。田舎と都会の違いもあるのだろう。

自分の救いは前職での営業経験かと考えていると、視線を感じた。

「……」

はっとして振り返れば、ガラスに引っ付いて中を覗《のぞ》いている三葉と目が合う。三葉は見つけて貰《もら》えたのが嬉《うれ》しそうに笑って手を振るのだが。

「っ……」

これはまずい。やめろと外まで叱りに行く暇はなく、ジェスチャーで離れろと示すが通じない。どうしたら…と考えた響は、ロールスクリーンが下ろせるようになっているのを見て、立ち上がって迷わずその紐《ひも》を引いた。

するする下りて来たロールスクリーンによって三葉の顔が隠れる。これで三葉に見張られながら商談に入るという最悪の事態は防げた。

ほっとした響が座り直そうとした時、話し声が聞こえて来た。誰かが近づいて来る。

「…分かりました…ええ、では、そのように手配しますので…。いつもありがとうございます。…いえ、はい。…今後ともどうぞよろしくお願いします。…え？　違いますよ。…ええ、はい。その件でしたら…」

スーツ姿の男。背はさほど高くないが、みっちりと肥えている。左手で持ったスマホを耳につけて話しながら自分の方へ歩いて来るところを見ると、約束した飯澤という担当者なのだろう。

響は座るのをやめて、挨拶《あいさつ》する為にその場で立って待った。飯澤と思《おぼ》しき男は、響がいたテーブルまで来ても通話をやめず、自ら椅子を引いて腰掛ける。

「…いや、確かに…その通りですね。…分かりました。…次回は必ず…ええ…」

飯澤は響を見もせず、右手に持っていたパソコンをテーブルに置いて開いた。話が終わらなくても、目線を合わせて会釈するとか、すまなそうな雰囲気を見せるとか、幾らでも対応方法はある。

だが、それをしないのは。

「……」

秋田が「けちょんけちょん」と言っていた意味が分かった気がして、心中で嘆息する。

アポが取れたからといって、楽観的にはならなかったのだが。

「…了解です。…やだなあ、その話はなしですよ。…じゃ、また。ええ、来週ですね。予定してますんで、よろしくお願いします。では、失礼します」

仕事だとしても相当打ち解けている相手と話していたらしい飯澤は、和やかな口調で通話を終える。スマホを置くと、ようやく響をちらりと見て、「どうぞ」と座るように勧めた。

初対面なのに名刺交換もしない…するつもりがないというのは。初手から進路を潰《つぶ》され困惑しつつも、座る前に自ら名乗った。

「江南酒造の江南です。本日はお時間を頂き、ありがとうございます」

失礼します…と断って、取り出していた自分の名刺をテーブルに置いてから、椅子を引いて座る。向かいの飯澤は名刺に触れることなく、パソコンのキーボードを叩《たた》きながら、「飯澤です」とだけ名乗った。

どんなにやりにくくても、ここまで来たのだから、目的を果たさなければいけない。すぐに出せるように用意していた酒瓶を取り出しながら、訪問の目的を告げようとした。

しかし。

「今日、お伺いしたのはうちの新しい…」

「僕は前任の加藤《かとう》から引き継いだだけで、詳しい事情は知らないんですけどね」

強めの口調で話を遮られ、響は動きを止める。「加藤」という名前は、中浦から聞いていた。響が会うのが「飯澤」だと聞いた中浦は、自分が会った担当者とは違うと話していたのだ。

「江南酒造さん、相当なこと、やらかしたんですよね。正直なところ、加藤からは話だけ聞いて追い返せって言われてるんです」

「……」

飯澤がどういうつもりなのかは分からないが、「正直なところ」を聞かされて、響は息を呑《の》んだ。でも、ショックは受けなかった。さもありなん。当たって砕けろの心持ちでいたから、冷静に「そうですか」と相槌を打ってから詫《わ》びる。

「長年、うちの酒を扱って頂いていたのに、失礼を働いたようで申し訳ありませんでした。あれから体制を一新し、新しい酒を造っていますので、それをご紹介したく…」

「僕は過去のことはよく知らないんで。そちら次第で取引を再開しても構わないと思っています」

「え…」

　話を途中で遮られたことよりも、飯澤が口にした内容に驚き、響は目を丸くした。今更何をしに来たのかとつれなくされるのは想像していたが、取引を再開しても構わないと言われるのは、完全に想定外だった。

　しかし、飯澤が続けた内容は、驚きを納得に変える。

「ただ、以前と同じ仕入れ値というわけにはいきませんし、おまけもそれなりにつけて頂かないと。僕も上を説得しなきゃいけないんで…。ええと、以前のデータを…」

　どこだったかなと、飯澤はパソコンを弄《いじ》る。ああ、そう来るのか。響はそんな感想を飲み込み、飯澤のパソコンを見つめた。

　以前と同じ仕入れ値というわけにはいかない、おまけをつけろ。つまり、安値で提供するつもりがあるなら、仕入れてやらないわけでもないというわけか。

　飯澤の思惑は理解出来るし、営業の商談としては一般的な取引だ。響自身、会社員時代は似たような取引を自分から持ちかけたこともある。お互い、商売なのだから、駆け引きがあって当然で、おかしな話ではない。

　なのに、どうして違和感を覚えるのだろう。

「……」

　考えてみて、気付いた。自分が今、売ろうとしているのは、会社が製品として提供する機械じゃなくて、酒だ。

秋田が必死になって、自分も塚越も高階も、皆で必死になって、造った酒だ。

「あの、一度、飲んでみて貰えませんか」

以前よりも値引きしろと言うのなら、それも仕方ないのかもしれない。秋田の酒が美味《おい》しいのだと広められるきっかけになるのならば、よしと考えられる。

でも、やっぱり飲んで欲しい。飲んでから、売って欲しい。そんなシンプルな願いを抱いて頼んだ響に。

「あー、大丈夫です。大体、分かるんで」

「……」

大体分かるって、なんだ。思わず、口にしかけた言葉を飲み込み、「それはどういう？」と聞いてみる。飯澤は相変わらず、パソコンを見たまま、説明した。

「江南酒造さんくらいのスペックの蔵なら、これくらいの味だろうなって想像がつくんです。だから、大丈夫です」

何が？　そう言いかけたのも飲み込んだ。脚の上に置いた拳《こぶし》を握り、響は自分の取るべき最善策を考えた。

するすると下ろされたロールスクリーンに視界を阻まれた三葉は、這《は》いつくばってその下の僅《わず》かな隙間から何とか中を覗こうとしたが、どう頑張っても響の靴しか見えなかった。響が仕事する様子を見たかったのに…と残念に思ってから、「あっ」と声を上げる。

「しまった…」

うまくいくように、響が中へ入る前におまじないをしようと思っていたのに忘れていた。今からでも遅くないだろうか。響の靴を見つめながら考えていると、背後に人の気配を感じた。

振り返ると。

「っ…!」

「何をしてるんですか?」

すぐ後ろに丸い眼鏡をかけた男性がしゃがんでいて驚いた。清潔そうに整えられた短い髪に、涼しげな色合いのスーツは夏なのに三つ揃えだ。

不思議そうな表情で三葉に尋ねた男性は、コンタクトレンズでも落としたのかと続ける。

「一緒に探しましょうか?」

「いえ、違います…!　ええと…」

中にいる響が心配で覗いていただけだとは言わず、愛想笑いでごまかす。何でもありません。そう言って立ち上がろうとした三葉に、男性は手を貸した。

親切に礼を言い、三葉は改めて男性を見る。年頃は中浦くらい。響と同じスーツ姿。ということは。

「あなたも営業にいらしたのですか？」

「…ええ、まあ、そんなところです。あなたも…ということは、君は…」

「響さんのお供をして参りました、三葉です。響さんは今、中にいて…」

この隙間から見える足が響だと紹介する三葉に、男性は苦笑する。リクルートスーツを着た就活生に見えなくもない三葉だが、その顔は幼く、成人には見えない。

「…お若いですよね？」

「二十二になります」

「……！　それは…失礼しました。営業ということは何処《どこ》かの酒造メーカーにお勤めなんですか？」

「三葉は勤めているわけではありませんが、お手伝いしております。鵲市にある江南酒造という酒蔵です」

「…江南酒造…」

「ご存じないですか？」

「申し訳ありません」

残念そうな表情で詫びる男性に、三葉は謝る必要はないと慌てて手を振る。男性はロールスクリーンの向こうを指さし、どうして三葉は中に入らないのかと聞いた。

「ここは…三葉を連れて入れないところなので、外で待ってるよう、響さんに言われたのです」

「なるほど」

「響さんは秋田さんが造ったお酒をたくさん売ろうと思って、東京まで来たんです。秋田さんのお酒はとっても美味しいんですが、なかなか売れなくて…でも、夏酒というのを花火大会で出してみたらたくさん買って貰《もら》えたんです」

「秋田さんという方が杜氏《とうじ》なんですね。夏酒ですか」

「はい。暑い時期にも飲みやすいような、すっきりと香りのいいお酒です。口当たりがよくて…するする喉《のど》を通っていく感じがします。冷やして頂くのはもちろん、氷を入れてロックにしても味の落ちない、しっかりとしたところもあります」

「ふむ。それは一度飲んでみたいですね」

三葉が真っ直ぐに褒めるので、飲んでみたくなったと男性は言う。何処で買えるのかと聞かれた三葉は困った。そもそも、東京で売っているかどうかも分からない。売るほどある、とは聞いているけれど。

「ええと…」

響なら分かるはずだから、出て来るまで待って貰おうか。そんなことを考えていた三葉ははっとする。

そうだ。

「…ここにあります…！」

営業先で試飲して貰う為、鵲市から運んで来た酒瓶入りのクーラーボックスが三葉の足下にあった。荷物を軽量化して中へ入って行った響から、見張っているよう言われたものである。

折角、飲んでみたいと言ってくれるのだから。いそいそとクーラーボックスのバックルを外し、蓋《ふた》を開ける。中にはこの前花火大会で販売した夏酒と、定番の純米酒と一緒に、試飲用のプラカップも入っていた。

三葉は夏酒とプラカップを取り出し、蓋を閉めたクーラーボックスの上に置く。しゃがんで酒瓶の栓を開け、プラカップに注いで「どうぞ」と男性に渡した。

「ありがとう」

男性はにっこり笑って礼を言い、プラカップを受け取った。色を見て、においを嗅《か》いで、一口飲む。

「…うん、確かに香りもよくて…美味しいですね！」

「ですよね？」

男性が口にしたシンプルな感想を聞いて、三葉はぱあっと顔を輝かせる。男性はプラカップの酒をもう一口飲んでから、「ううむ」と呟《つぶや》いた。

「どうしましたか？」

酒瓶を見せて欲しいと言われた三葉は、一旦《いったん》クーラーボックスにしまったものを取り出す。男性はスーツの懐から取り出したスマホで写真を撮り、瓶の裏に貼られたラベルを読んで、「なるほど」と呟いた。

「もう一つの…純米酒の方も、飲ませて頂けませんか」

「分かりました」

男性に頼まれた三葉は喜んで、新しい瓶を取り出して開ける。別のプラカップに注いで男性に渡し、これはお燗《かん》にしても美味しいのだと教えた。

「熱燗よりもぬる燗程度の方がいいかもしれません。でも、常温もいいんです。常温だと口の中に含んだ時に何より、つまみを選びません。食中酒にもいけます」

「万能な感じですね」

「はい。一夜干しのイカと一緒に飲むのは特にお勧めです」

「一夜干し…」

「秋田さんの後輩さんが送ってくれるもので、七輪で炙《あぶ》ると身がふっくらしていい感じの焦げ目もついて、とっても美味しいんです。足の方はちょっと焦がし気味に焼くとぱりぱりして、これもいいんです。それをマヨネーズに醤油《しょうゆ》と七味をちょっとかけたものにつけて食べるんですが…本当～に美味しいそれを食べてからの、この！」

一夜干しのイカの美味しさを思い出し、身悶《みもだ》えしながら語って、三葉は純米酒のボトルを掲げる。イカを食べてからの鵲瑞《じゃくずい》の純米酒は、最高だと断言する三葉に、男性は「ほほう」と眼鏡の奥の目を光らせた。

「それはなかなか…よさそうですね」

「ええ。イカ、お酒、イカ、お酒の繰り返しはやめられなくなります」

なるほどなるほどと頷《うなず》き、男性は三葉から受け取った純米酒を一口飲む。その瞬間、はっとした表情になり、純米酒のボトルを写真に撮る。それからプラカップに残っていた酒を飲み干し、笑みを浮かべた。

「美味しいお酒はいいですね」

「ですよね」

しあわせな気分になれると男性とにこにこしながら話していた三葉は、「何やってんだ？」という響の呆《あき》れた声を背後に聞いて飛び上がる。純米酒のボトルを手に持ったまま振り返った三葉を見て、響は怪訝《けげん》な表情を浮かべた。

三葉と一緒にいたのは見知らぬ男で、その手には試飲したプラカップがある。場所はビルの前の歩道上。状況を摑《つか》みかねている響に、三葉はしどろもどろに説明した。

「響さん…！　いえ、これは…その、試飲を…ええと、こちらの方からうちのお酒を何処で買えるか聞かれたのですが、分からなくて…それで…ここにあったので…」

「すみません。私が飲みたいと言ったものですから」

釈明する三葉を気の毒に思った男性は自分のせいなのだと響に詫《わ》びた。響は怒っているわけではないと首を振り、ただ、驚いただけだと伝える。

「こんなところで…と思いまして」

「ああ…、そうですよね」

「すみません、響さん。すぐに片付けます」

急いで酒瓶をクーラーボックスに仕舞い、男性が使ったプラカップも預かって、捨てるために袋に入れる。三葉が荷物を纏《まと》めると、男性は二人にお礼を言った。

「美味しいお酒を飲ませて頂けて嬉《うれ》しかったです。ありがとうございました」

「いえ…、美味しいって言って貰えてよかったです！」

「すみません。こいつは…世間知らずなものですから。戸惑われたでしょう」

「いえいえ。ストレートに勧めて頂き、ありがたかったです。それに、本当に美味しかったので」

満足げな男性の言葉は、響の顔にも笑みを与える。三葉と一緒に「ありがとうございます」と礼を言って頭を下げ、二人は男性と別れて駅へ戻る道を歩き始めた。

「ところで、あれは誰だ？」

「響さんと同じです」

「同じ？」

「営業に来たと仰《おっしゃ》ってました」

しばらく歩いたところで響は三葉に尋ねた。誰だか知らない相手に試飲させていたのに驚きつつも、営業に来たということは同業者だったのかと納得する。

身なりも態度もきちんとしていたし、怪しい人物ではなさそうだったから、よしとするか。三葉を酒と一緒に置いておくと、所構わず試飲を勧めそうでいけない。今後は場所と状況を考えるように注意しなくてはと思っていると、三葉の方から問いかけられる。

「響さんの営業はどうでしたか？」

「……」

微妙な結果に終わったとは言えず、響は「ぼちぼちだ」と答えるに止めた。すると、三葉はにっこり笑って「よかったです」と返す。

「おまじないを忘れたので、心配していました」

「おまじない…か」

三葉におまじないをかけて貰ったらもう少しマシな結果になっていただろうか。そんなことを考えて、いやいやと首を振る。それよりも腹が減ったなと言い、何か食べようと持ちかけた。

「昼からは二軒回る予定だから、腹ごしらえしよう」

「そうですね」

ゴロゴロとキャリーカートとスーツケースを引いて戻った駅の近くで、蕎麦屋《そばや》へ入った。天ざるに響だけカツ丼をプラスして空腹を満たし、次の営業先へ向かう。

懸念材料であった山崎酒店以外の営業先は、以前から取引を続けている酒販店ばかりだったので気が楽だった。

ただ、何処《どこ》でも「失踪《しっそう》した兄に代わって、江南酒造を継ぐことになった弟」という扱いをされるので、対応に苦慮する場面もあった。

そういう時には三葉が活躍した。兄への思いや、自分の立場に対する戸惑いが吹っ切れてはいないことを、三葉に直接伝えたことはない。それでも、三葉は響の「ただ、秋田の造る酒を売りたい」のだという気持ちを汲《く》んで、自ら間に入って来た。

「秋田さんが造るお酒は本当に美味《おい》しいので、たくさんの人に飲んで貰えるよう、よろしくお願いします！」

そんなシンプルでストレートな言葉を、子供みたいに見える三葉が口にすると、自然と場が和む。その日の予定を終える頃には、三葉を連れて行く方が不安だと、聡子に言ったのを後悔していた。

板橋《いたばし》区の酒販店への訪問を終え、新宿《しんじゅく》のビジネスホテルに着いたのは、夜の七時を過ぎた頃だった。ぎらぎら光るネオンに目を瞬《しばたた》かせる三葉を連れてチェックインし、シングルルームを隣同士にしてくれと頼んだ。フロントで貰ったカードキーを持ち、部屋のある階に上がって荷物を置く。

「このカードキーでドアを開けて…ここに差し込むんだ。すると、明かりがつく」

「ああ！　すごいですね！」

「他にも分からないことがあったら聞けよ。俺の部屋は隣だから」

「分かりました」

「それと…晩飯なんだが」

三葉と一緒に出かける予定ではなかったので、約束をしてしまっていた。大勢が自分の予定に合わせて集まってくれるはずだから、断ることも出来ない。

「東京に来るのは久しぶりだから、昔の仲間と飲みに行く約束をしてるんだ。柄が悪いわけじゃないんだが、なんていうか…その、…」

「響さんのお仲間に会えるのですか!?　光栄です！」

「もし、厭《いや》なら、お前だけ…」

「とんでもない！」

是非、お供させて下さい！　三葉が厭がるわけはないと分かっていたが、連れて行くのも躊躇《ためら》いがあって、遠慮してくれないかという思いが密《ひそ》かにあった。三葉が気を使ってくれそうなら、一人で食事を済ませられるよう、手筈《てはず》を整えるつもりだったのに。

嬉しそうに笑みを浮かべ、三葉は「そうだ！」と声をあげる。

「皆さんにうちのお酒を飲んで貰《もら》いませんか？　試飲に使った残りなら…いいんじゃないでしょうか」

「そうだな」

試飲用の酒は多めに持って来ているし、余ったら贔屓《ひいき》にしてくれている酒販店に置いてくるよう、秋田に言われている。今日開けた分だけなら支障はないと考え、響は三葉の提案に頷いた。

三葉を同伴する戸惑いは消えなかったが、酒瓶と共にホテルを出て、大学時代のラグビー仲間から指定された馴染《なじ》みの居酒屋へ向かった。

東京で働いていた頃、幾度となく訪れた居酒屋はちっとも変わっていなかった。久しぶりだねと喜んでくれる店長に、持ち込みを許して貰い、座敷席の一番奥へ向かう。

「おおっ！　響が来たぞ！」

「うちのナンバーエイト！」

「江南センパイ、お久しぶりっす！」

「響、元気そうだな！」

既に二十人近くが集まり、酒杯を交わしていた。その全員が見事なまでに大きく…背も横幅も声も…その一角だけ異様に密度が高い。三年ぶりに会う響に、皆が嬉しそうに声をかけ、歓声が上がる。

しかし、その横にいる三葉に気付くと、一瞬場が静まった後、ざわつき始めた。

「響が…女…？」

「いや、子供…？」

「小さい…？」

隠し子なのではという囁《ささや》き声まで聞こえ、響は溜《た》め息を吐く。取り敢《あ》えず、実家の会社に勤めている事務員だとでも紹介しようとしたのだが。

「お初にお目にかかります！　江南家に奉公させて頂いている三葉と申します。響さんのお仲間にお会い出来て大変嬉しく思っております。ふつつか者ですが、どうぞよろしくお願いします！」

響が口を開く前に、三葉はその場に正座し、三つ指をついて挨拶《あいさつ》していた。ざわめきが静寂に変わり、響は頭を抱える。呆気《あっけ》にとられている一同に、どう説明したものかと悩んでいると。

「こちらこそ、よろしくお願いします！」

その場にいた全員が座り直して、三葉に向かって頭を下げ、声を揃えて挨拶した。

フィールドの端から端まで届くよう鍛えられた大声は、広い店内に響き渡り、他の客からの視線を集める。響は天を仰いで嘆息し、変わらない仲間たちに三葉を紹介した。

「うちで手伝いをして貰ってる遠縁の子なんだ。これでも二十二だ」

「マジで⁉　成人してるの？」

「酒も飲める」

「おう！　じゃ、乾杯だ！　ビール、追加で頼む奴！」

はい！　はい！　と次々手が挙がり、その数を数えて、店員にビールを頼む。響と三葉は並んで座り、運ばれて来たビールジョッキで集まった仲間たちと乾杯した。ガンジョッキを当てあい、勢いよくビールを飲んだところで、三葉が持参した酒をテーブルに置いた。

「響さん、これを皆さんに」

「ああ。うちで造ってる酒なんだが…」

三葉に促されて説明しかけた響は、その場にいた全員が神妙な顔つきで酒瓶に注目しているのに気づき、はっとする。試飲で残った酒を持って行こうと提案されて、名案だと頷いたけれど、重大な事実を忘れていた。

この場にいる全員が酒豪で、出禁になった飲み放題の店が複数あるくらいだ。四合瓶に半分くらい残った酒が二本なんて、瞬殺に違いない。我先に飲もうとしている面々からは殺気さえ感じられる。

それに気づいていない三葉は、にこにこと説明した。

「秋田さんのお酒はとっても美味しいので、是非飲んで頂きたくお持ちしました。こちらが定番の純米酒で…大変まろやかなお味です。常温でもお燗《かん》をつけても、とっても美味しいです。…こちらは今年の夏に初めて出した夏酒で、すっきりと香りもよく…飲みやすいと評判を頂いております。日本酒がお好きな方は…」

いませんかと聞こうとした三葉は、全員が「はいっ!」と返事して挙手したのに驚き、ひっと息を呑《の》む。目を丸くして響を見ると、しまったという顔つきで腕組みをしていた。

「悪い。こいつら馬鹿みたいに飲むの、忘れてた」

「馬鹿みたいってなんすか。どうせならカバみたいじゃないすか」

「そうだぞ、響。そんなちょびっとしか持ってこないお前が悪い」

「せめて一升瓶だろ」

「そ…そうなのですか?　すみません…。一升瓶だと持ち歩くのに不便だろうからと奥様が…」

「気にするな、三葉」

酒に関してこいつらの意見に耳を貸すなと響は厳しく言い渡し、人数分のおちょこを借りて来いと後輩に命じる。すぐに走って行った後輩がお盆に二十個余りのおちょこを載せて戻ってくると、三葉に酒瓶に残っている酒を均等に注ぐよう指示する。

「均等…ですね」

プレッシャーをひしひし感じながら、三葉は酒を注ぐ。純米酒と夏酒の二種で、なんとか全員分のおちょこが用意出来た。テーブルの中央に集まって来ていた面々は、響の合図によって一斉におちょこに手を伸ばす。

「いいか。零《こぼ》すなよ。代わりはないからな。…よし！」

「…っ…出遅れた！　そっちの方が多いだろ？」

「同じですよ！」

「うっま！　この酒、美味《うま》いな！　響！」

「マジでうめえ！」

「なんだこれ。本当に日本酒？」

全員が手にしたおちょこから一息で酒を飲み干し、余りの美味さに悶絶《もんぜつ》する。こんなに美味いのにこんな少ししか飲めないのは拷問だ。あり得ないと騒ぐ仲間たちに仏頂面を返しながらも、口々に味を褒めてくれるのを、響は心から嬉《うれ》しく思っていた。

「そんなに美味いと思うなら買ってくれ」

「買う買う！」

「もちろん買いますよ。売ってるところ、教えて下さい！」

「皆さん、ありがとうございます。響さん、よかったですね！…あ、でも残念です」

「何が？」

「お売りする分を持って来ていれば…」

ここでも販売出来たのにと商魂たくましい三葉に苦笑し、響は隣にあるお団子をぽんぽん叩《たた》く。事務員なんて失礼だ。営業担当だと紹介するべきだったと思いながら、空になっている鵠瑞の瓶を温かい気持ちで見つめていた。


三年前。東京での仕事を辞めて実家へ帰ることになった際、響は大学時代の仲間には告げずに発《た》とうとした。けれど、話は漏れるもので、急遽《きゅうきょ》開いてくれた送別会以来、久しぶりに顔を合わせた面子《メンツ》は、全く変わっていなくて心からリラックス出来た。

また東京へ来ることがあれば、いつでも声を掛けてくれ。そんな有り難い言葉を受け取り、ホテルに戻った。

部屋へ行く前に飲み物を買って行こうと三葉を誘い、ホテル内にあるコンビニへ立ち寄った。飲み過ぎたと思い、酔い覚ましに水やお茶を求める響に対し、同じくらい飲んでいたはずの三葉は、けろっとしている。

「お前、本当に強いよな」

「はい。美味《おい》しいお酒をたくさん頂けてしあわせでした」

にこにこする三葉は酔っているようには見えないが、それでも水は飲んでおいた方がいいと、三葉の分のミネラルウォーターのボトルをかごに入れる。水を買うなんて…と、眉《まゆ》を顰《ひそ》める三葉に、アイスはどうだ？　と勧め、二人で冷凍ケースを覗《のぞ》き込んだ。

「こんなにいっぱいあったら選べませんね」

「迷ったら両方食えばいい」

そう言って、響はチョコアイスと、ソーダ系のアイスキャンディーを手に取る。三葉はチョコアイスだけにして、レジに並んだ。

二つの袋に分けて貰い、会計を済ませた響は、待っていた三葉に片方を渡す。三葉は礼を言って受け取り、エレヴェーターへ向かって歩きながら、今日はいい日だったと感慨深げに呟《つぶや》いた。

「三葉の中で、記念に残る日です。電車に乗って、新幹線に乗って、富士山を見て、東京に来て、地下鉄に乗って、販売店さんで挨拶して…響さんのお仲間にも会えたんですから」

「最後のはどうでもよくないか」

「違いますよ。最後のが一番重要です。皆さん、本当に親切で楽しくて…いい方ばかりでした。本当ーに楽しかったです。響さん、三葉を一緒に連れて行って下さり、ありがとうございました」

礼を言われるほどのことじゃない。苦笑して呟きを返し、響はエレヴェーターのボタンを押す。左右に二台ずつ。どれが来るかとパネルを見上げる響に、三葉は問いかける。

「響さんは東京へ戻って来たいですか？」

「……」

どういう意味で言っているのか、真意が読み取れず、響は無言で三葉を見返した。三葉はどうしてそう考えたのか、理由を口にする。

「東京は何でもあって、すごいところだし、…響さんの仲間がいるから…です」

「……」

「秋田さんたちといても、響さんは楽しそうですが、今日は全然違ったので。あんなに生き生きしてる響さんを見たのは初めてでした」

だから、東京が恋しいのではないか。

そう尋ねる三葉に、響は答えられなかった。ポンと軽い音がして、エレヴェーターが到着したのを知らせる。扉が開いた背後のエレヴェーターに、三葉を促して乗り込んだ。

階数ボタンを押し、上昇し始めたエレヴェーターの中で、響は三葉に言われたことをずっと考えていた。

あんなに生き生きしてる響さんを見たのは初めてでした。

三葉がそう言った意味は分かる。響自身、久々に気兼ねなく大声で話して、笑った自覚がある。若い頃に苦楽をともにした仲間だ。馬鹿笑い出来るような思い出話は山ほどある。

三年ぶりに会い、自分はいい仲間に恵まれていたのだと、改めて痛感した。

「…先のことは分からないが」

響が低い声で話し始めると、エレヴェーターが停止してドアが開いた。先に三葉を降ろして、響はその後に続く。三葉にカードキーを出すよう、指示してから、廊下を歩き始めた。

「今は秋田たちと酒を造って、売りたいと思ってる」

「そうですか」

「あいつらといる俺が楽しそうに見えるのは学生の頃に戻ったみたいな錯覚がするからだ。あいつらも俺も、それでストレス発散出来るんだ」

「ということは…昔の方がよかったと、思っているのですか？」

不思議そうに聞く三葉は、そういう感覚が分からないようだった。学校には行っていないと話していた。スポーツで繋《つな》がった仲間というのも、三葉には理解出来ないのかもしれない。

響は全てがよかったと思っているわけじゃないと、答えを返す。

「きついことも多かったし…苦しいこともいっぱいあったからな。それでも…そういうのを一緒に乗り越えたっていう思い出があるから、余計に楽しいというか。とにかく、今よりも昔の方が楽しかったからとか、そういうことじゃないんだ」

難しいな…と言う響に、三葉は「そうですか」と相槌《あいづち》を打つ。三葉にも難しいです。正直な感想を呟くと、部屋の前に着いていた。

「アイス、早く食えよ。溶けるぞ」

「響さんこそ。二つあるんですから」

「俺は一口で食えるからな」

お休み。そう言って、響は三葉の頭をお団子の上からぽんぽんと二度叩いて、自分の部屋へ入って行った。

翌日は特約店契約を結んでいる酒販店を回り、午後一時過ぎに品川《しながわ》から新幹線に乗った。鵠市へ向かう在来線に乗り換えたのは午後四時を回る頃で、夏休みに入っているせいか、学生の姿は少なく、電車は空《す》いていた。

鵲駅で降りるには、最後尾の車両に乗った方が便利だからと、ホームを歩いた。二つある扉の手前から乗り込み、左右に分かれた座席の右側に座る。どちらも誰も座っていなくて、中央に並んで腰掛けた。

始発駅を出発した電車は、栄えた街からどんどん遠ざかる。高いビルが消え、密集していた住宅が疎《まば》らになっていき、山が近くなる。

千メートル級の低山が連なる風景が自分の郷愁を誘うのだと響が知ったのは、三年前、東京での住まいを引き払って戻って来た時だった。

十五で実家を出て、学生時代は寮で暮らし、社会人になってからは一人暮らしで、故郷とは疎遠だった。盆や正月も帰らず、葬式などでどうしてもと請われた時に戻って来る程度だった。

敢《あ》えて距離を置いていた故郷の姿は記憶の中で薄くなり、遠のいたと思っていた。なのに、あの時、電車の窓から見えた山々を、懐かしく感じた。

「ああ、よかった。帰って来ましたね」

「……」

ぼんやり物思いに耽《ふけ》っていた響は隣から聞こえた三葉の声にはっとする。ゆっくり首を動かして三葉を見ると、その目は窓に向けられていた。

よかった、と言う三葉は、たった一泊でも恋しく思っていたのだろうか。

「東京は楽しくなかったか？」

「楽しかったです！　とっても」

「でも、こっちの方がいいのか」

「それは…もちろん。ここには奥様も秋田さんも、中浦さんも楓さんも、高階さんも…いますから」

皆がいるから…と答える三葉に、響は相槌を打つ。そうだな。自分にとっても、今の居場所はここで、今の仲間は秋田たちだ。そう再認識出来た気分で、響は三葉に「ありがとうな」と礼を言った。

「何ですか？」

唐突な礼に驚き、三葉は響を見る。何もしていないのにお礼とは。怪訝《けげん》な顔で見る三葉に、響は東京について来てくれてよかったと伝えた。

「お前がいてくれて助かった」

「えっ…」

「仕事だけじゃなくて…あいつらにうちの酒を飲んで貰《もら》えたのも、お前のおかげだし…、感謝してる」

「感謝なんて…とんでもない！　身に余るお言葉っ…光栄ですっ…！」

その場に土下座しそうな勢いの三葉が高い声で恐縮するので、響は慌てる。空いているとは言え、他の乗客もいる。せいぜい高校生くらいにしか見えない三葉がぺこぺこ頭を下げているのを、不審げに見る周囲からの視線が痛い。

もういいから…と言ったところで、鵲駅に着くというアナウンスが流れた。よし降りるぞと声をかけ、荷物を持って席を立つ。減速した電車が停まり、開いたドアからホームに降り立ち、改札へ向かった。

大きな駅ではないので、改札口は一つに集約されている。ごろごろと音を立ててキャスターを引いて歩いていると、「三葉ちゃん！」と呼ぶ聡子の声が聞こえた。

「奥様！」

前方を見れば、改札の向こうで聡子が大きく手を振っていた。三葉は嬉《うれ》しそうに手を振り返し、聡子の元へ走って行く。

「お疲れ様！　疲れてない？　大丈夫だった？」

「はい。三葉は元気です。響さんも元気です」

「迎え、ありがとう。助かった」

電車の時間を伝えて聡子に迎えを頼んでいた。ロータリーに停めてあった車に荷物を積み込み、聡子の運転で家に向かう。

まだ空は明るいが、夕暮れが近くなり、日差しは傾いている。背から受ける日は一日の終わりを告げるような目映《まばゆ》さをちりばめていた。

「東京は都会だったでしょう？」

「はい。見たこともない高いビルばかりでした！」

「新幹線は？」

「速かったです！」

「富士山見えた？」

「見えました！　大きかったです！」

聡子が何を聞いても三葉は興奮した調子で答えを返す。とにかくすごかったという三葉の話を、聡子は嬉しそうに聞いている。響はそんな様子を見ているだけで安堵《あんど》出来て、改めて聡子の判断に感謝していた。

家に着いて車を降りると、既に夏期の終業時刻を過ぎていることもあり、中浦たちは帰宅していた。塚越が土産を楽しみにしていたと聡子から聞いた三葉は、いっぱい買って来たのだと教える。

「響さんが美味しいものをたくさん教えて下さったので」

「じゃ、明日《あした》、皆で頂きましょうね。さ、三葉ちゃんは着替えてゆっくりして。晩ご飯は私が用意するから」

「とんでもない。三葉がやりますから、奥様こそゆっくりなさって下さい。まずは着替えて参ります！」

家事が自分の本分であると、三葉は真面目な顔で言い、荷物を持って玄関から自室へ走って行った。響は呆《あき》れつつも、聡子に礼を言う。

「母さん。あいつを連れて行けって勧めてくれて、ありがとう。助かった」

「でしょ？　三葉ちゃんは役に立つもの」

「妙にコミュ力高いんだよな。あいつ」

どんな場所でもどんな相手でも、物怖《ものお》じせずに…かといって、失礼を働くこともなく、対応出来る。時にひやっとする場面もあったが、それ以上に相手から好印象を抱かれるので、難なく場が収まるのだ。

「響がどういう仕事してたのか、よくは知らないんだけど、うちみたいな潰《つぶ》れかけの酒蔵の営業って、やっぱりなかなか大変だから。三葉ちゃんならクッションになってくれるかと思ったのよ」

「……」

なかなか大変だというのは、聡子の実体験に基づく感想なのだろう。

老舗《しにせ》酒蔵の若奥様だった聡子は、何処《どこ》へ行ってもそれに応じた扱いを受けて来た。それが、夫を亡くし、跡を継いだ息子は失踪《しっそう》し、社員にも去られて倒産しかかった酒蔵に一人残された未亡人となってからは、辛《つら》い思いをすることも多かったに違いない。

かつてのようなつき合いが出来なくなった老舗には厳しい声がかけられるし、陰口を叩《たた》かれることも多い。そんな場所へは自らが赴き、響を表に立たせなかった。響自身、兄が戻るまでのお飾りというつもりでいたから、それをよしとしていたのだけど。

「母さん。俺は秋田の酒を売ろうと思ってる」

「…そう」

唐突に宣言する響を、聡子はきょとんとした顔で見る。どういうつもりで言っているのか、考えを巡らせる聡子に、響は話を続けた。

「兄貴に代わってうちの酒蔵を継ぐとか…そういう決心はまだつかないんだが、秋田の酒を売る為に必要なことは何でもするつもりだ。だから、母さんも…俺に遠慮しないでくれ」

聡子が自分に対して負い目を感じているのは、幼い頃から分かっていた。厳しい姑《しゅうとめ》に逆らえず、兄弟を平等に育てられなかったことを、悔いているのを知っていた。

兄が失踪したからと言って、響に帰って来てくれと言えるわけがない。聡子がそう言ったと、中浦から聞いた時、蘇《よみがえ》った記憶がある。

小学校の高学年で、響は体格の良さを買われて、地元のジュニアラグビーチームに入らないかと誘われた。それまで何かやりたいと欲したことのなかった響が、初めてやってみたいと言った際、いつもの如《ごと》く反対した姑に聡子は初めて反抗し、後押ししてくれた。

だが、蔵元夫人として多忙だった聡子は、練習や試合には付き添えず、響はいつも一人だった。誰も見に来なくても響は熱心に練習し、身体を鍛え、中学では県選抜に選ばれて名門高校の推薦枠を勝ち取った。

毎日、遅くまで練習を行い、腹を空かせて帰ると、用意されていた夕食を温め直して食べた。聡子がいる時はそれにラーメンやパスタを足してくれた。

あの頃、聡子は無口なのだと思っていた。いつも無言で自分が食べる姿を眺めていた。

三年前、実家に戻り、再び聡子と暮らし始めて、こんなに話す人だったのかと驚き、気付いた。

あれは祖父母、父、兄を気遣って声を出さないでいたのだと。

「もう…この家には俺と母さんしかいないんだから」

「……」

今は。とつけ加えるべきかと悩んでいた響は、聡子の目に涙が滲《にじ》み出すのを見て、狼狽《うろた》える。

しまった。言い方が悪かったかと悔やんだ時、「奥様ー！」と呼ぶ三葉の声が聞こえた。

「今晩は唐揚げにするおつもりですかー？」

「…そうよー」

今行くわと返し、聡子は手の甲で眦《まなじり》を拭《ふ》いた。それから。

「何言ってんの。三葉ちゃんもいるでしょ」

ごまかすように言って、靴を脱いで上がって行く。響はその背中を眺めて笑い、「腹減った」と訴えた。


試飲用に持参した酒はあちこちに進呈し、帰りは空いたクーラーボックスに買い求めた東京銘菓を入れた。東京ばな奈《な》に芋ようかん、流行《はや》りのクッキーにチーズケーキ、バウムクーヘン。響は母屋から運んで来たそれらの土産を事務所の机に積み上げる。

「また…たくさん買って来ましたね」

「三葉がどれも食ったことがないと言うので」

「三葉さんだけのせいじゃない気もしますが…」

響の意向も多分に含まれているのではないかと指摘しつつ、中浦は「それで」と成果について尋ねた。上京の一番の目的だった、山崎酒店との商談はうまくいったのかと聞く中浦に、響は「はい」とも「いいえ」とも答えなかった。

「俺が会ったのは新しい担当者で、以前の担当者からは追い返せ的なことを言われていたようですが、うちの出方次第では取引を再開してもいいと言って来ました」

「値引きですか」

「はい。以前の仕入れ値よりも二十パー引きで、かつ、一ケースに一本、おまけをつけろと」

「厳しいですね」

響に伝えられた取引内容を聞いた中浦は眉《まゆ》を顰《ひそ》めた。計算しなくてもほとんど儲《もう》けは出ないと分かる。

それでも、取引が再開出来るならば、今はその条件を呑《の》むしかないのか。それで響はどう答えたのかと続けて聞く。

「持ち帰らせて下さいと言ったんですが…」

「確かに悩むところではありますね…」

「やめようと思います」

「…え？」

相談されると思っていた中浦は、響がきっぱりと言い切ったのに驚く。儲けがないからか？　しかし。

「取引さえ再開すれば、いずれ値段も交渉出来るのではないですか？　断ってしまうのは早計では」

「飲んでくれなかったんですよ」

微《かす》かに眉を顰めて助言する中浦に、響は真面目な顔で返した。

山崎酒店で会った営業担当の飯澤は、持参した酒を試飲して欲しいと言っても、味の想像はつくから大丈夫だと言った。あの時、そんなわけあるかと強く憤ったのを思い出しながら、響は中浦に自分の考えを説明する。

「蔵の大きさや地方、造り方なんかで大体味は分かるから飲む必要はないって……それでも仕入れてくれるというのは、看板を信頼されていると捉《とら》えることも出来ますが……。俺は率直に、あんな奴に秋田の酒を売らせたくないって思っちゃったんですよね」

「……」

「せめてね、試飲してからの判断なら納得出来たんです。俺たちは美味《うま》いと思うけど、美味い酒をしこたま飲んでるだろう大手酒販店のプロに、たいしたことないと判断されるのは、仕方ないと思えたんです。まだまだなんだな。頑張らなきゃって、思えたんです。秋田だって、全然満足してないから今も勉強に行ってるわけですから。でも……」

「分かりました」

響の話を遮った中浦の声は強いものだった。中浦は安易に取引を勧めようとした自分を反省し、「すみませんでした」と詫《わ》びる。

「響さんの言う通りです。やめましょう」

「中浦さん……」

「僕は銀行勤めが長かったので、つい数字で考えがちなんですが……今、響さんが仰《おっしゃ》ったことは大変納得出来ました。冬の間、少ない人数でも頑張って造ってる酒です。飲みたいと思ってくれる方に届けられる方法を考えましょう」

中浦の言葉は有り難いもので、響は大きく頷《うなず》いて「ありがとうございます」と頭を下げる。

しかし、現実は厳しく。

「まあ、その方法が少ないというのが問題なんですが」

「確かに…」

「新しく佐宗《さそう》さんから夏酒の注文を頂きましたが、量的には多くありませんし…」

「あ、東京で幾つか注文を貰《もら》いました。帰ったらすぐに発送すると約束して来たので、これからやります」

「それはよかったです。九月にはひやおろしを出すはずですし、そちらも扱って貰えるといいですね」

どうやって販路を増やし、売り上げを伸ばしていくか…という頭の痛い問題を話し合っていたところ、事務所のドアが乱暴に開けられた。同時に「大変です！」と叫ぶ高階の声が聞こえ、響と中浦は目を丸くする。

「おう、おはよう。どうした？」

「おはようございます。何かあったんですか？」

朝に弱い高階はいつも定時近くに出勤してくる。今日は三十分以上早い。心配して聞く二人に歩み寄った高階は、肩に掛けていたデイパックからタブレットを取り出して、響たちの前でSNSを開いて見せた。

「これ…、これを見て下さい」

高階に言われて覗《のぞ》き込んだ画面には、花火大会から販売している江南酒造の夏酒が映っている。響は「おお」と声を上げて、誰かが取り上げてくれたのかと喜んだ。

写真の下には「すごく美味《おい》しかった！」という感想もつけてあって、とても有り難い。

響も中浦もSNSなどはやっておらず、興味もないのだが、見知らぬ誰かが美味いと言ってくれるのは嬉《うれ》しかった。

「花火大会で買ってくれた人かな。こうやって写真をあげて貰えるのはいいな」

「こういうSNSというのは宣伝にもなると聞きますしね」

「何、暢気《のんき》なこと言ってるんですか」

ネス湖にネッシーが出たくらいの他人事《ひとごと》振りで話す響と中浦を、高階は冷たい目で見る。自分の父親よりも年上の中浦はともかく、響は若い部類に入るはずなのに…と呆れながら、重大な事実を告げた。

「この写真をあげてくれた人、有名なインフルエンサーだったんですよ！」

「インフルエンザ？」

「それは病名です。インフルエンサー！」

聞き間違えた響が不思議そうに繰り返すのに、高階は突っ込みを入れる。続けて、インフルエンサーというのはSNSなどで多くのフォロワーを持ち、その言動が多方面に影響を与える人のことだと説明した。

ほー。はー。興味なげに相槌《あいづち》を打つ二人はちっとも分かっていないようで、高階は必死に付け加える。

「料理関係の雑誌にも執筆してる、グルメライターみたいな人で、どうも花火大会に行った友達からうちの酒を貰ったらしいんです。で、飲んでみたら美味しかったからこうしてアップしてくれたわけです。親切にも、『江南酒造』と『鵲瑞』のハッシュタグをつけて。更に更に、オンラインショップがあったから、自分で注文してみたっていう投稿もしてくれたんです」

「オンラインショップに注文が入ったんですか。よかったですね」

風前《ふうぜん》の灯火《ともしび》となって久しい江南酒造にもホームページやSNSのアカウントがある。失踪《しっそう》した社長の環は会社の広報に熱心で、IT方面にも力を入れていた。以前は広報担当者によって運営されていたアカウントは、倒産騒ぎの頃からしばらく休止されていた。

その後、響が江南家に戻り、今の体制になって、一番若手の高階が担当となって運営を再開した。だが、ホームページに併設されているオンラインショップはほぼ開店休業状態で、注文が入ることは稀《まれ》だった。

高階が興奮気味なのはそれを喜んでのことかと、中浦は微笑《ほほえ》み、響も「よかったな」と相槌を打つ。そんな二人に高階は全然伝わっていないと嘆息し、タブレットを操作した。言うより、見せた方が早い。オンラインショップに入った注文を知らせるメールアカウントを開き、響たちの前にタブレットを置いた。

「これが今入ってる注文です。…って話してる内にも増えてますけど」

開いている画面ではポンポンと連続して音を立てながら、メールの件数が増えて行く。

二人はその意味も分からず、首を捻《ひね》る。

「…何処《どこ》を見ればいいのか…」

「ここです。現在、百二件」

「……」

想定外の数を告げられた響と中浦はすぐに反応出来なかった。インフルエンサーとやらが買ってくれたのが嬉しいというだけの話だと思っていたのに。息を止めて固まる二人に、高階はまだまだ増えるだろうと伝える。

「どうして分かるんだ？」

「さっきのインフルエンサーが美味しいって言うなら間違いない、自分も飲んでみたい、ネットでポチろう、っていう流れに乗ってるからです」

「ポチ？」

「買うって意味です」

ほほう。感心して声を上げる響たちはいまいち実感がないようだったが、これはまたとないチャンスだ、早急に対応するべきだと高階は拳《こぶし》を握る。

「注文は全国から来てますから、江南酒造の名を全国規模で広められますよ！　俺はオンラインショップ担当として…頑張ります！」

「確かに…百件以上の注文が一気に入るというのはなかなかありませんよね。商機を逃してはなりません」

「そうだな。注文してくれた人に早く届けよう！」

高階は会社のパソコンで注文票や発送票を出すと言い、中浦は発送用の梱包材《こんぽう》を用意し始める。すぐに出荷出来る酒の数量を確認する為に貯蔵蔵へ向かいかけた響は、鳴り始めた電話を何気なく取った。

「…はい、江南酒造です」

『朝早くからすみません。私、伊丹《いたみ》と申しますが、そちらに…恐らくお名前だと思うのですが、「響」さんという営業担当の方はいらっしゃいませんでしょうか。一昨日《おととい》、東京の山崎酒店へ営業に来られていた方です』

「あ…」

話の内容と声から、電話の相手は三葉と一緒にいた男性だとすぐに分かった。響は「自分です」と答える。

「先日はありがとうございました」

『こちらこそ、お名刺を頂戴していればよかったのですが、大変失礼しました。私、雲母《きらら》ホテルグループの管理部で購買を担当しております、伊丹と申します』

「ホテル…の方だったんですか」

三葉から営業に来ていると聞いたので、てっきり同業者だと思っていた。営業でも伊丹の場合、売る側ではなく、売り込まれる側だったのだ。

伊丹の正体に驚く響に、続けて想定外の話が続けられる。

『あれから江南酒造さんのお酒を扱っている販売店を探して訪ねてみたのですが、あの時、三葉さんから飲ませて頂いた夏酒を置いている店がなくてですね』

「あー…すみません。あれは最近出したもので今回、扱って貰うよう頼みに回ってたんです。幾つかの酒販店にお願い出来ることになりましたから、…恐らく、今週中には納品出来ると思います」

『そうだったんですか。いえ、実はあのお酒の味がどうしても気になって、江南酒造さんのお酒を弊社で扱わせて頂けないか、お電話さしあげたんです』

「弊社って…ホテルでってことですか？」

『はい。それで…急な話なのですが、今日明日と出張でそちらの近くへ参りますので、ご挨拶《あいさつ》を兼ねて伺いたく、ご都合をお聞かせ願えればと』

「あー…はい、ええと…うちはいつでも…」

構いません…と返事する響に、伊丹は「では本日の午後一番に伺います」と言って、自分の連絡先を伝えて通話を切った。

狐《きつね》につままれたみたいな顔で受話器を置いた響に、中浦が「どうしたんですか？」と尋ねる。

「ホテルと聞こえたが……と言う中浦に、響は山崎酒店で出会った男の話をした。

「……で、その三葉が試飲させていた相手というのが、営業に来ていたと聞いたので、同業者だと思っていたんですが、ホテルの購買担当者だったみたいです」

「なるほど。だから、ホテルって言ってたんですね。ちなみにどこのホテルなんですか？」

「雲母ホテルグループ…とか言ってました。知ってますか？」

聞いた覚えはあるんですが。そうつけ加える響を、中浦は凝視する。雲母ホテルグループといえば。国内だけでなく、海外にもラグジュアリーホテルを展開しており、東京にある雲母ホテル東京は五つ星がつく超高級ホテルとして有名だ。

「雲母ホテルって、あの、雲母ホテルですよね？」

「めっちゃ高いホテルじゃないですか？　従姉妹《いとこ》のお姉ちゃんが沖縄の雲母ホテルで結婚式挙げようとしたら、すごい金額で諦《あきら》めたって聞いたことあります」

「…ああ、そうか。だから、聞いたことあるんだ」

高いホテルなんか、縁が無くて。ははは…と笑う響に、中浦は鬼気迫った表情で「それで？」と話の続きを促す。

「雲母ホテルグループの購買担当者がどうして電話して来たんですか？」

「三葉が試飲させた夏酒を気に入って、うちの酒をホテルで扱いたいらしくて、挨拶に来るそうです。今日の午後一で」

「……!!」

簡潔にまとめた内容を聞いた中浦は息を呑《の》んだまま硬直した。高階は「すごいっすね！」と声を上げる。

響は頷き、佐宗の旅館以外にも扱ってくれるところが増えるのはいいことだと軽い調子で話していたのだが。

「翔太《しょうた》のところくらいの数を仕入れてくれたらいいんだが…」

「何を言ってるんですか…！」

「……？」

抑えた口調の中にも迫力を感じて、響は中浦を見る。いつだって冷静沈着。取り乱すとか大笑いするとか、豊かな感情表現からは遠い中浦が、興奮した様子を見せるのは珍しい。思わず気圧《けお》されていると、中浦は拳を握って響に迫った。

「佐宗さんには申し訳ありませんが、秘湯と言えば聞こえはいいが、実際には半ば寂れた温泉街の一旅館とはスケールの違う話ですよ？」

「微妙にディスってません？」

「失礼を承知の上で事実を申し上げています。確かに、佐宗さんは長年ご愛顧頂き、定期的にご注文頂いている大切な取引先です。しかし、しかしですよ？　あの雲母ホテルにうちの酒を置いて頂けるとなれば…桁《けた》が違う取引になるはずです」

「そうなんですか？」

「そうなるべく、努力するのは…響さんです」

秋田くんの酒を売りたいと言ったではないですか。中浦の言葉を聞き、響は表情を引き締め、「はい」と答えた。

「いいですか、響さん。これは江南酒造が危機を脱する為の、一世一代のチャンスです。山崎酒店以上のチャンスだと捉《とら》えて、何としても、商談をまとめて下さい」

「了解です」

実家に戻り、江南酒造で中浦と働き始めて三年。ここまで熱くなっている姿を初めて見た響は、大きく頷《うなず》き、気合いを入れる。予想もしていなかった幸運が続けて舞い込み、浮かれ気分に満ちた事務所を出て、響は貯蔵蔵へ向かった。

その途中。

「響さーん！」

声の聞こえた方に目をやると、紙袋を掲げて中庭を渡って来る三葉が見える。冷蔵庫に入れてあった土産を忘れていると言い、事務所へ持って行けばいいかと聞かれた。

「ああ。三葉」

「何ですか？」

「東京で…最初に行った営業先で、お前が試飲させた…眼鏡の人。覚えてるか？」

「もちろんです！　大変、親切な方で…夏酒も純米酒も美味《おい》しいと仰《おっしゃ》って下さいました」

「あの人が昼から来るんだ」

「来るって…ここへですか？」

「ああ。だから、お前も同席してくれ」

伊丹に試飲を勧めたのは三葉だ。功績は三葉にあると考えて同席を頼む響に、三葉は「かしこまりました！」と答え、事務所へ走って行く。相手が何者なのか一切聞かなかったが、誰であっても三葉の対応は変わらないだろうなと想像し、響は小さく笑った。

午後一時を過ぎた頃、伊丹から鵲駅に着いたという連絡があり、それからしばらくしてタクシーが田圃《たんぼ》の間を江南酒造に向けて走って来た。背後は山で、江南酒造の他には人家一つない場所だ。タクシーが近づいて来たのに気付いた塚越が響に知らせ、母屋から三葉も呼んで、皆で伊丹を出迎えた。

「遠いところをわざわざお越し下さり、ありがとうございました」

「こちらこそ、突然お伺いして申し訳ありません」

「こんにちは！　先日はありがとうございました！」

「ああ、三葉さん。またお会い出来て嬉《うれ》しいです」

響の隣で挨拶する三葉を見て、伊丹は笑って挨拶する。夏の盛りの昼過ぎ。山裾《やますそ》にも強烈な日差しが照りつけている。暑いのでどうぞ中へと勧め、事務所にある応接室へ伊丹を案内した。

応接室では伊丹と向かい合わせの席に響と中浦が座り、三葉は塚越と共に冷茶を出してから、響の後ろに立った。三人が名刺交換する様子を珍しげに見守る三葉にも、伊丹は名刺を差し出した。

「三葉さんにも」

「はっ、ありがとうございます！　頂戴します！」

「すみません。実は…三葉はうちの社員ではないものですから、名刺などがなくて」

恐縮する響に、伊丹はとんでもないと首を振る。それから、鵲市には初めて来たが、とてもいいところですねと話した。

「駅からこちらへ来るまでの間もずっと青々とした田圃が広がっていて…この前で作っているのは原料となる米なんですか？」

「いえ。うちの前の田圃は食用米です。酒米は別の場所で作っているものを仕入れてます」

「自社生産などは？」

「それは…」

していないと答える響の隣から、中浦が江南酒造の財務状況について調べたか伊丹に尋ねた。伊丹は微《かす》かに表情を曇らせ、まだだと答える。

中浦と響は互いの顔を見て、正直に江南酒造が抱える事情を伝えた。適当にごまかしたところでいずれは知れるだろうし、結果として嘘《うそ》を吐くことになるのは後々揉《も》め事のタネとなる。

「実は…うちはこの通り、立派な屋敷や蔵があって、老舗《しにせ》の体裁を何とか保っていますが、かなりの負債を背負ってるんです」

「先代社長が亡くなった後、ここにいる響さんの兄が跡を継ぎ、異業種に参入したところ、そちらがうまくいかず…不渡りを出しかけたんです。不動産の売却や、銀行からの借り入れで何とか急場をしのぎ、事業を清算して、本業だった酒造一本に戻って再起を図っている途中です。少し調べて頂けば分かると思います」

「そうだったんですか……」

真剣な様子で二人が話すのを聞き、伊丹は重々しく頷く。会社が大きくなれば、それだけ求められるものも多くなる。不安定な財務状況が取引に影響することを憂い、中浦は「それでも」と続けた。

「今日は留守にしていますが、杜氏《とうじ》の秋田君は本当に熱心に自分の理想を持って酒造りを行っていますし、少人数ならではのチームワークで、結果も出始めています。是非とも、味と将来性を見て頂きたく……」

「もちろんです。それに仕入れさせて頂くのは私どもの方ですから、ご心配には及ばないかと思います」

中浦にそう伝えた後、伊丹は「なるほど」と独り言のように呟《つぶや》く。

「山崎酒店で取り扱いがないと言われたのはそのせいだったんですね。いえ、江南酒造のお二人にお会いしたあの日、私は秋から新たに出せる日本酒がないかと…うちのお客様を満足させられて、尚且《なおか》つ喜ばせられるような…そんな酒を紹介して貰《もら》おうと考えていたんです。あの日、三葉さんが飲ませてくれた酒は、夏酒と銘打ったものでしたから、イメージは少し違いましたが、ポテンシャルを感じたんです。それで山崎酒店の担当者に聞いたのですが…他の酒を勧められ、飲んでみたものの、今一つ違ったので、江南さんの酒を探しに走ったわけです」

そうして、ここにいる。にっこり笑う伊丹に、響と中浦は「ありがとうございます」と頭を下げ、三葉はお盆を胸に抱えたまま、膝《ひざ》に頭が着くほど身体を折り曲げた。

伊丹は礼を言うのはこちらの方だと恐縮する。

「ここまで訪ねて来ようと思わせるような酒に出会わせて頂けたので、三葉さんには感謝しています。ありがとうございます」

「と、とんでもないです…！」

ぶるぶると三葉が首を振ったところで、響のスマホが鳴り始めた。講習会で出張中の秋田からで、事情を話してリモートで打ち合わせに参加するよう、伝えてあった。

スマホの画面に映る秋田の顔は緊張しつつも、期待に満ちている。初めまして…と裏返った声で伊丹に挨拶《あいさつ》した秋田は、スマホ越しでも暑苦しく感じられる熱量で自分の造る酒について語り始めた。


有名ホテルグループで飲料の購買を担当する伊丹の知識量は秋田に匹敵するもので、二人の話は尽きず、大変盛り上がった。延々続きそうだったが、伊丹にはその後の予定があり、秋田のスマホの充電が切れたのもあって、近いうちに再度打ち合わせをする約束をして、伊丹は江南酒造をあとにすることになった。

往路は駅からタクシーで来たが、電車の時間が近いこともあって、響が送ると申し出た。軽トラではさすがに失礼なので、聡子の乗用車の助手席に伊丹を、後部座席に三葉を乗せた。

秋田との話し合いによって、雲母ホテルグループに納める酒の方向性がおおよそ決まったこともあり、伊丹はほっとしたようだった。

もうすぐ八月になる田圃の稲はすくすくと伸び、昼から吹き始めた風によって揺れている。午前中は雲一つない青空だったが、山の向こうに白い入道雲が生まれていた。

「ここから移動してまた打ち合わせなんですか？」

「はい。といっても、自社での会議ですから」

気は楽だと言い、伊丹は後部座席に座っている三葉を振り返る。

「三葉さん、あの夏酒を花火大会で売ったと話していたでしょう。この近くで行われるんですか？」

「はい。川沿いです」

「さっき橋を渡りましたが、あの川です。七洞川といいます」

響が説明をつけ加えると、三葉は身を乗り出すようにして、七洞川の花火大会がいかに素晴らしいか語り始めた。大きな花火が幾つも上がり、夜空がぱっと明るくなって、キラキラと光が降って来る。

そんな話を、響は伊丹に申し訳ないような気分で聞いた。三葉は初めての経験だったから一番すごいみたいに語るけれど、全国的に見たら、さほどの規模でもない。

「三葉。お前にとってはすごかったかもしれないが、伊丹さんはもっと大きな花火大会に行ったことがあると思うぞ」

「そうなんですか？」

「そうですね。仕事上のつき合いなどもありまして、あちこち行ってますが、大曲《おおまがり》とか長岡《ながおか》とかは立派でしたよ」

大曲と長岡の花火大会は、日本で一、二を争う規模の有名な花火大会だ。それらと比べたら、七洞川の花火大会はごく小規模なのだと、響は三葉に説明する。

「はあ。あれ以上に立派な花火大会があるんですね」

「けど、人がすごくて…とにかく移動が大変です。大がかりな花火は確かに迫力はありますが、規模が大きければいいというものではないなと思いました。こちらの方がゆっくり楽しめるのではないでしょうか」

「七洞川の花火も人はいっぱいいますけど、お酒を買って下さるお客さんも多いので、有り難いです。三葉は他を知らないのでよく分かりませんが、とても綺麗《きれい》なのは確かなので、伊丹さんも是非いらして下さい！」

「ありがとうございます。三葉さんは本当に営業向きですね」

「本当ですか？」

「三葉さんにこにことストレートに勧められると、なんでも『はい』と言ってしまいそうです。私だけでしょうかね」

首を傾げる伊丹に響は笑って同意する。街中に入り、幾つかの交差点を過ぎると鵲駅が見えて来る。ロータリー近くの駐車スペースに車を停めると、伊丹を降ろして、響と三葉も改札口まで見送った。

失礼しますと挨拶し、駅構内へ向かう伊丹の姿が消えると、二人で車に戻る。一緒に伊丹を送らないかと三葉を誘ったのは響だ。付き合って貰った礼に、かき氷でも食いに行くかと言われた三葉は、満面の笑みで頷《うなず》きかけて、やめた。

「とっても行きたいんですが…楓さんたちが発送準備をしてて…それを手伝ってくれと言われているので戻らなくてはなりません」

「ああ、そうだった。じゃ、また今度な」

約束だと言う響に、三葉は嬉しそうに笑って頷く。助手席に乗ってシートベルトを締めた三葉を見て、響は車のエンジンをかけながら、しみじみした口調で「すごいな、お前は」と褒めた。

何がすごいのか分からず、三葉は不思議そうに運転席を見る。

「すごいって…？」

「伊丹さんからいい話を貰えたのは、お前のお陰だ」

「えっ、違いますよ。三葉は何もしてません。秋田さんのお酒が美味《おい》しかったからで…それに、響さんが三葉を東京へ連れて行って下さったからです」

「それは俺の発案じゃない。母さんに言われたからだ」

「でも、一緒に行ったのは響さんで…じゃ、奥様のお陰でもありますね」

うんうん、と頷き、三葉は窓を開けてもいいかと聞く。ちょうど駅近くの街中を離れ、七洞川と並行する県道を走りかけたところだったので、川の堤防を走って行こうと、響は車を右折させた。

堤防の交差点を左折し、七洞川に沿って車を走らせる。三葉が開けた窓から、夏の匂いを孕《はら》んだ風が入って来る。川や田圃《たんぼ》や、山の匂い。エアコンの風とは違って冷たくはないけれど、涼やかな風だ。

顔いっぱいに風を受け止め、口角を上げて喜びながら、三葉は「それに」とつけ加える。

「中浦さんがお金の計算をたくさんしてくれるお陰でもありますし、楓さんと高階さんが色んな仕事をいっぱいしてくれるお陰でもあります」

「…そうだな」

「だから、皆のお陰です」

誰か一人の力じゃない。意図してはいないのだろうが、三葉の話はそう解釈出来て、響は息を吐いた。車内に響いた吐息は三葉を驚かせる。

「どうしたんですか？　響さん」

「その通りだと思ってさ」

大きく頷いて、響は笑みを浮かべる。

世の中には一人で出来る仕事もあるけれど、そうでない仕事の方が多い。特に酒を造る為には大勢の人の手が必要だ。造り上げたそれを飲んでくれる人の元へ届けるまでには、もっとたくさんの人が関わっている。

そんな当たり前のことを気付かせてくれる三葉の存在は、響にとって有り難いものだった。中途半端だった自分の立場や、あやふやだった心構えを少しずつでも、変えるきっかけになってくれた。

「お前が来てくれてよかった」

響が本音を口にすると、三葉は「えっ」と高い声を上げた。思わぬ響の言葉に動揺しつつ、「ありがとうございます！」と張り切って礼を言う。

「三葉は江南家にいいことを起こすために参りましたので、響さんからそのようなお言葉を頂戴すると大変嬉《うれ》しく…感動しております！　これからも身を尽くして奉公させて頂きますので、どうぞ末永くお側に置いて頂きますよう、お願い致します！」

「…時代劇か？」

ありがたくはあるのだが、この時代錯誤ぶりだけはどうも頂けない。首を捻《ひね》りつつも、赤信号を見て車を減速させる。三葉を真似して開けた窓の縁に肘《ひじ》を乗せ、肌に触れる風を感じる。山の向こうに生まれた入道雲がむくむくと成長していた。

エピローグ

果無《はてなし》山脈の西北に連なる七洞《ななほら》山地を代表する大山《おおやま》には、名前のない村がある。人間の地図には載っていないその村では、秋が深まり、収穫の準備が始まろうとしていた。田圃では穂を垂れた稲が黄金色に輝き、果樹には栗《くり》や柿が彩りよく実をつけている。

短い秋が過ぎれば長い冬が来る。その準備に皆が慌ただしく働く中で、赤穂《あこう》家の家長代理である長兄の紫苑《しおん》は、村の奥手にある洞穴の前に立っていた。

棚田の畦道《あぜみち》を抜けた藪《やぶ》の先。村で一番大きな杉の木を越えて、獣道を進んだ先にある秘密の洞穴の存在を知っているのは、村の中でも一部のものだけだ。

そこへ妹の三葉《みつば》を連れて訪れたのは、夏の前。洞穴の突き当たりにある、四方をしめ縄で囲まれた底の見えない暗い穴を覗《のぞ》き込み、紫苑は独り言を呟《つぶや》いた。

「…無事にやっているのだろうか…」

便りがないのは良い便りとは言うものの。四度目の正直だってあるかもしれないと励まして送り出した妹が、またしても送り返されて来ないか、紫苑は日々、心配している。

ある日、村の紹介所から赤穂家に届いた文は、紫苑をひどく驚かせた。人手不足だとは聞いていたが、三度も失敗した三葉を派遣しろという指示は、はい分かりましたと従うのを躊躇《ためら》わせるものだった。

村では一定の割合で特別な能力を持つものが生まれる。下界では「座敷わらし」と呼ばれるその能力者を頼ろうという依頼は、全国から絶え間なく来るが、全てを受けているわけではない。村の長老たちによって運営されている「大山座敷わらし紹介所」で依頼された内容を吟味し、座敷わらしを派遣するかどうかが決められている。

紹介所からの指示は断れないことになっている。仕方なく、三葉を呼んで話をしてみると。

「無理です！　無理です！　三葉はお役に立てないと…紹介所の長老様たちもご存じではないですか！」

「分かってはいても、皆出払っていて、他にいないんだよ。私が代わりに行くわけにもいかないし」

「兄様は…おうちの仕事がありますから…」

それは理解出来るが、自分では…と三葉はしょんぼり肩を落とす。

三葉は過去に三度、派遣された先で仕事をこなせないまま、村に戻っている。三度も結果が出せなかったのは三葉だけで、出来そこないの烙印《らくいん》を押されてしまった。

だから、周囲も本人も派遣されることはもうないと考えていたのだが。

「でも…三葉は…ちゃんと『仕事』が出来ないので…」

「そこだよね。問題は」

派遣先で求められる仕事は、「その家を栄えさせること」だ。他にも「密《ひそ》かに住み着く」とか「子供にしか見えないようにする」とか「いたずらする」とか「見たものに幸運をもたらす」とか、細かなルールが色々とあるけれど、基本は「栄えさせる」なのだから。

「…よし、三葉。この際、固定観念を捨てよう」

「こてい…かんねん？」

「従来のやり方を変えるということだよ。紹介所のじいさまたちは頭が固いから古いしきたりにしがみついているけれど、下の世界も随分変わっているからね。アップデートしていかないと」

「あっぷでいと…？」

「つまり、家を栄えさせる…『豊かである』というのはどういうことなのか、だよ。財を築くだけが豊かと言えるのか。実際、金は争いを生むからね。幸運を呼び込んで家を栄えさせてもひとの欲で没落することも多い。それよりも、皆が笑って仲良くしあわせに暮らせる方がいいと思わないか」

「それは…確かにそうですね」

紫苑の話に三葉は神妙に頷いた。分かっているかどうかは不明だったが、三葉の出来ることをしてくればいいと、紫苑は諭す。

「三葉は派遣先の皆さんが笑顔になれるようないいことを起こして、精一杯奉公して来なさい」

「奉公って…でも、兄様。隠れていなければならないので、働いたりしてはいけないと…」

「三葉には三葉の良さがあるんだから。出来ることで勝負してみよう」

それしかない。紫苑は真剣な表情で言い切り、三葉を励ました。三葉には奉公する方が向いている。三葉が働くことで、その家に笑顔が生まれるのなら、それが繁栄に繋《つな》がるに違いない。

「私が派遣先に手紙を出して、三葉を奉公させてくれるよう頼むから。何か聞かれたら今から言う通りに話すんだよ?」

分かりましたと言って、三葉は真剣な表情で、紫苑が話す内容を繰り返して覚えた。それから一張羅の着物に着替えて、穴の向こうへ消えて行ったのだが。

「役に立っているといいんだが…」

果たして、下界で三葉は無事に務めているのだろうか。四度目の正直になればいいと願い、紫苑はひとつため息を零《こぼ》した。

この作品はフィクションです。
実在の人物や団体などとは関係ありません。

お便りはこちらまで

〒一〇二―八一七七
富士見L文庫編集部　気付
谷崎　泉（様）宛
細居美恵子（様）宛

富士見Ｌ文庫

老舗《しにせ》酒蔵《さかぐら》のまかないさん
初夏《しょか》の梅酒《うめしゅ》と七輪《しちりん》焼《や》きの炙《あぶ》りイカ

谷崎《たにざき》 泉《いずみ》

2022年2月15日　初版発行

発行者　青柳昌行
発　行　株式会社 KADOKAWA
〒102-8177　東京都千代田区富士見2-13-3
電話　0570-002-301（ナビダイヤル）

印刷所　株式会社暁印刷
製本所　本間製本株式会社
装丁者　西村弘美

定価はカバーに表示してあります。

本書の無断複製（コピー、スキャン、デジタル化等）並びに無断複製物の譲渡および配信は、著作権法上での例外を除き禁じられています。また、本書を代行業者等の第三者に依頼して複製する行為は、たとえ個人や家庭内での利用であっても一切認められておりません。

●お問い合わせ
https://www.kadokawa.co.jp/（「お問い合わせ」へお進みください）
※内容によっては、お答えできない場合があります。
※サポートは日本国内のみとさせていただきます。
※Japanese text only

ISBN 978-4-04-074318-9 C0193
©Izumi Tanizaki 2022　Printed in Japan

鎌倉おやつ処の死に神

著／**谷崎 泉**　イラスト／宝井理人

命を与える死に神の優しい物語

鎌倉には死に神がいる。命を奪い、それを他人に施すことができる死に神が。「私は死んでもいいんです。だから私の寿命を母に与えて」命を賭してでも叶えたい悲痛な願いに寄り添うことを選んだ、哀しい死に神の物語。

【シリーズ既刊】全３巻

富士見L文庫

月影骨董鑑定帖

著／谷崎 泉　イラスト／宝井理人

「……だから、俺は
骨董が好きじゃないんです」

東京谷中に居を構える白藤晴には、骨董品と浅からぬ因縁があった。そんな彼のもとに持ち込まれた骨董贋作にかかわるトラブル。巻き込まれないよう距離を置こうとする晴だったが、殺人事件へと発展してしまい……!?

【シリーズ既刊】全3巻

富士見L文庫

高遠動物病院へようこそ!

著／谷崎 泉　イラスト／ねぎしきょうこ

彼は無愛想で、社会不適合者で、
愛情深い獣医さん。

日和は、2年の間だけ姉からあずかった雑種犬「安藤さん」と暮らすことになった。予防接種のために訪れた動物病院で、腕は良いものの対人関係においては社会不適合者で、無愛想な獣医・高遠と出会い…？

【シリーズ既刊】1～3巻

富士見L文庫

わたしの幸せな結婚

著／顎木あくみ　イラスト／月岡月穂

この嫁入りは黄泉への誘いか、
奇跡の幸運か——

美世は幼い頃に母を亡くし、継母と義母妹に虐げられて育った。十九になったある日、父に嫁入りを命じられる。相手は冷酷無慈悲と噂の若き軍人、清霞。美世にとって、幸せになれるはずもない縁談だったが……？

【シリーズ既刊】1～5巻

富士見L文庫

おいしいベランダ。

著／竹岡葉月　イラスト／おかざきおか

ベランダ菜園&クッキングで繋がる、
園芸ライフ・ラブストーリー！

進学を機に一人暮らしを始めた栗坂まもりは、お隣のイケメンサラリーマン亜潟葉二にあこがれていたが、ひょんなことからその真の姿を知る。彼はベランダを鉢植えであふれさせ、植物を育てては食す園芸男子で……!?

【シリーズ既刊】1～10巻

富士見L文庫

かくりよの宿飯

著／友麻 碧　イラスト／Laruha

あやかしが経営する宿に「嫁入り」
することになった女子大生の細腕奮闘記！

祖父の借金のかたに、かくりよにある妖怪たちの宿「天神屋」へと連れてこられた女子大生・葵。宿の大旦那である鬼への嫁入りを回避するため、彼女は得意の料理の腕前を武器に、働いて借金を返そうとするが……？

【シリーズ既刊】1〜11巻

富士見L文庫

農業男子とマドモアゼル

著／甘沢 林檎　イラスト／やまもり 三香

アラサー女子、農業に目覚める!?
手探り恋と農業ライフ！

男も職もなく30歳を迎えた恵里菜。いっそ永久就職……と婚活ツアーに参加すると、一人のイケメン農業男子が！　しかし――「スローライフって、農業舐めてんの？」怒りと勢いで長野への移住を決めた恵里菜だが!?

【シリーズ既刊】1～2巻

富士見L文庫

浅草鬼嫁日記

著／友麻 碧　イラスト／あやとき

浅草の街に生きるあやかしのため、
「最強の鬼嫁」が駆け回る——！

鬼姫"茨木童子"を前世に持つ浅草の女子高生・真紀。今は人間の身でありながら、前世の「夫」である"酒呑童子"を（無理矢理）引き連れ、あやかしたちの厄介ごとに首を突っ込む「最強の鬼嫁」の物語、ここに開幕！

【シリーズ既刊】1〜9巻

富士見L文庫

消えていく君の言葉を探してる。

著／霧友正規　イラスト／カスヤナガト

二人の世界から“言葉”が消えたとしても——。
心震える、感動の恋愛物語

幼い頃から歌帆は物語が好きだった。そしていつの頃からか、博孝は小説を書くようになっていた。自作を二人で読みながら、共に成長していく日々。けれどある時、博孝は歌帆が“言葉”を失っていく病であることを知って——。

富士見L文庫

スープ屋かまくら来客簿

あやかしに効く春野菜の夕焼け色スープ

著／**和泉 桂**　　イラスト／細居美恵子

鎌倉のあやかしは、
彼らがお世話します。

「スープ屋かまくら」――メニューは週替わりのスープのみという、北鎌倉の小さな小さなお店。じつは店主・緒方兄弟のつくるスープには、あやかしを癒やす力があって……。彼らを頼って店を訪れるお客様とは――？

富士見L文庫

僕はまた、君にさよならの数を見る

著／**霧友正規**　イラスト／カスヤナガト

別れの時を定められた二人が綴る、
甘くせつない恋愛物語。

医学部へ入学する僕は、桜が美しい春の日に彼女と出会った。明るく振る舞う彼女に、冷たく浮かぶ“300”という数字。それは“人生の残り時間が見える”僕が知ってしまった、彼女とのさよならまでの日数で——。

富士見L文庫

龍に恋う
贄の乙女の幸福な身の上

著／**道草家守**　イラスト／ゆきさめ

生贄の少女は、幸せな居場所に出会う。

寒空の帝都に放り出されてしまった珠。窮地を救ってくれたのは、不思議な髪色をした男・銀市だった。珠はしばらく従業員として置いてもらうことに。しかし彼の店は特殊で……。秘密を抱える二人のせつなく温かい物語

【シリーズ既刊】 1〜3巻

富士見L文庫

富士見ノベル大賞
原稿募集!!

魅力的な登場人物が活躍する
エンタテインメント小説を**募集中!**
大人が**胸はずむ小説**を、
ジャンル問わずお待ちしています。

大賞 賞金**100**万円

入選 賞金**30**万円

佳作 賞金**10**万円

受賞作は富士見L文庫より刊行予定です。

WEBフォームにて応募受付中

応募資格はプロ・アマ不問。
募集要項・締切など詳細は
下記特設サイトよりご確認ください。
https://lbunko.kadokawa.co.jp/award/

主催　株式会社KADOKAWA